野蠻法國行

派崔克・德威特

胡訢諄——譯

獻給 Rachel

啊，往事並不如煙！

——奧斯卡・萊萬特

NEW YORK

紐約

1

「所有的好事都會結束。」法蘭西絲・普萊斯說。

她今年六十五歲，富裕、嫵媚，站在紐約市上東區的褐石階梯，雙手不疾不徐伸進黑色的小牛皮手套裡。她的兒子名叫馬爾康，三十二歲，站在她身邊，如同往常一副悶悶不樂的邋遢模樣。時節正值秋天尾聲，天色漸暗，褐石建築裡頭已經點上燈火，鋼琴的音韻迴盪在空中——高尚的派對正在進行。法蘭西絲對著派對的女主人解釋早退原因。女主人儘管財力相當，但姿色較遜。她叫什麼名字就算了，總之她覺得委屈。

「你確定非走不可？真的那麼嚴重嗎？」

「獸醫說隨時都會。」法蘭西絲說。「眞可惜，今天晚上明明這麼愉快。」

「你眞的覺得？」女主人殷切地問。

「眞的，我不想走。但聽起來好像眞的很急，遇到了又能怎麼辦？」

女主人思考怎麼回答。「不能怎麼辦。」她終於說。一陣沉默，女主人突然撲向法蘭西絲，扒在她身上，法蘭西絲大吃一驚。「我一直都很崇拜你。」女主人低聲說。

「馬爾康。」法蘭西絲說。

「其實我有點怕你。我這樣是不是很傻？」

「馬爾康、馬爾康。」

馬爾康發現那位女主人筋骨柔軟；他把她從他母親的身上扒開，接著抓起那個女人的手搖動。她看著自己的手上上下下，滿臉疑惑。她喝太多，而且胃裡只有一點黏稠的肝醬。她回自己家，馬爾康牽著法蘭西絲走下階梯，踏上人行道離開。他們經過等待的禮車，坐在褐石建築後方二十碼的長椅上，因爲沒有急事，沒有獸醫，而那隻叫做小法蘭克的老怪貓，就他們所知，沒有生病。

法蘭西絲拿出金色的打火機，點燃手上的香菸。她喜歡這個打火機，爲了沉甸甸的手感，還有點火瞬間鏗的聲響。此時樓上的窗戶浮現女主人發光的輪廓，她正在和其中一位客人說話。法蘭西絲盯著她看，然後搖頭。「天生無聊。」

馬爾康正在檢查他從女主人臥室偷來的相框。「她只是醉了。希望明天早上她不會記得。」

「她若記得就會送花來。」法蘭西絲拿起相框，裡頭裝的是女主人最近在攝影棚拍的肖像。她的頭往後仰，半張著嘴，雙眼流露狂喜。法蘭西絲的手指沿著華麗的相框邊緣移動。「是翡翠嗎？」

「我想是吧。」馬爾康說。

「很美。」她說，把相框還給馬爾康。馬爾康打開相框，拿出相片，對齊四角摺疊，然後丟進長椅旁的垃圾桶。他把相框放回外套口袋，繼續觀察派對，指著一個年約六十的男人。男人的肚腩圓得出奇，繫著一條寬腰帶。「那個男的是某大使。」

「是，如果那些肩章會說話。」

「你有和他的太太說過話嗎？」

法蘭西絲點頭。「小孩嘴裡長著大人的牙齒。我不敢看。」她把菸灰撣到街上。

「現在要幹嘛。」馬爾康說。

有個流浪漢靠近，來到他們面前，他的雙眼因爲酒精發亮。他快活地問，「兩位，今晚有沒有多出來的，可以施捨嗎？」馬爾康向前，打算噓走那個男人。法蘭西絲抓住他的手臂。「我們說不定有。」她說。「但是可否請問，你要錢做什麼？」

「喔，你知道的。」那個男人舉起雙手又放下。「只是應付生活。」

「能不能請你更詳細地說？」

「如果你想知道的話，我想，就是喝點酒。」

他在原地搖晃，法蘭西絲語氣非常堅定問他，「有沒有可能，你今晚已經有酒可喝？」

「我已磨平稜角。」那個男人承認。

「那是什麼意思？」

「意思就是我剛才已經喝了，但是現在還想再喝。」

法蘭西絲接受這個答案。「你叫什麼名字？」

「丹。」

「我能叫你丹尼爾嗎？」

「如果你想。」

「丹尼爾，你喜歡什麼品牌的酒？」

「夫人，我什麼都喝。但我喜歡三朵玫瑰。」

「一瓶三朵玫瑰要多少錢？」

「一瓶五元，一加侖的八元。」他聳聳肩，彷彿在說，聰明的消費者會買一加侖。

「那麼如果我給你二十元，你會買什麼？」

「二十元。」丹說，鼓起腮幫子，吐了一口氣。「二十元的話，我可以買兩加侖的三朵玫瑰，再加一條香腸。」他拍拍他的軍裝外套口袋。「我已經有香菸了。」

「那麼，二十元就能讓你舒舒服服囉？」

「喔，相當舒服。」

「那你要把那些東西拿去哪裡？拿回房間？」

丹瞇起眼睛。他在想像那個情境實現。「香腸我會當場吃掉。酒和香菸會帶去公園。我通常在那裡睡覺。公園。」

「公園的哪裡？」

「灌木底下。」

「某棵特定的灌木？」

「灌木都一樣。根據我的實驗。經驗。」

法蘭西絲親切地對丹微笑。「很好。」她說。「所以，你躺在公園的灌木底下，然後抽你的香菸，喝你的紅酒。」

「對。」

「你會看著天上的星星。」

「當然。」

法蘭西絲說，「你會一個晚上把兩加侖都喝掉嗎？」

「對，是啊，我當然會。」

「早上不會不舒服嗎？」

「夫人，那就是早上的意義。」

他不帶一點戲謔，法蘭西絲心想，丹的早上大概會悲慘得超乎她能理解。足夠感動的她打開手拿包，抽出二十元。丹收下紙鈔，從頭到腳都在顫抖，溜也似地離開。一名巡邏的警察過來，不懷好意看著丹。

「那個男的沒打擾到兩位吧？」

「誰？丹尼爾？」法蘭西絲說。「一點也不。他是我們的朋友。」

「他看起來像在跟你們要錢。」

法蘭西絲冰冷地瞪著。「其實是我還他錢。我老早就該還他了，但丹對我很有耐心。感謝老天有他那樣的人。這裡不干**你**的事。」她拿起打火機點火：**鏗**！火焰短而粗，底下是藍色，隔在他們中間，彷彿在劃清界線。警察自言自語走了。法蘭西絲轉向馬爾康，雙手一拍，表示大功告成。他們不喜歡警察，而且，他們不喜歡所有的權威人物。

「你滿意了嗎？」馬爾康問。

「滿意。」法蘭西絲回答。

她拉起馬爾康的手走向禮車，一副特別疼愛這個人的模樣。「回家。」她告訴司機。

碩大多層的公寓裡頭黯淡無光，活像打烊的博物館。廚師在烤箱留了烤肉。馬爾康盛了兩盤，他們無聲吃著。通常不是這樣，但他們沉浸在各自的不幸。馬爾康擔心蘇珊，也就是他的未婚妻。他已經好幾天沒見到她，而且上次他們交談，她對他說了非常不雅的話。法蘭西絲的煩惱是關於存在；最近她發現自己陷入一種恐怖奇異的感覺，彷彿一個人背對大海站著。老到堪稱衰頹的小法蘭克攀上桌子，坐在法蘭西絲面前。他和法蘭西絲大眼瞪著小眼。法蘭西絲點燃一根香菸，從嘴裡吐出一道煙，直撲他的臉。小法蘭克縮了一下，然後離開房間。

馬爾康說，「明天要做什麼？」

「貝克先生堅持要開會。」法蘭西絲回答。貝克先生是他們的財務顧問，也是法蘭克林．普萊斯——法蘭西絲的丈夫、馬爾康的父親——的財產執行人。

「他想幹嘛？」馬爾康問。

「他不說。」

技術上來說，那不算說謊，貝克先生只是沒有明說會議的目的。但是法蘭西絲非常清楚他想和她談什麼。想到這件事情她就鬱悶，於是她藉故離席，踏上大理石階梯，在細如珍珠的泡泡浴中尋求慰藉。之後她坐在浴室的沙發，身穿長絨浴袍，頭髮垂下。小法蘭克在她的腳邊睡覺。她打電話給瓊恩。

2

她們第一次見面是在五十年前，康乃狄克州的女子夏令營。瓊恩是暴發戶，她的言行缺乏教養，絲毫不打算改進，嚇壞眾人。法蘭西絲輕而易舉就成爲夏令營裡最受歡迎的女孩，每天不斷有人獻殷勤，希望得到她的青睞。她覺得那些人很煩，於是喜歡上瓊恩，欣賞她的粗魯、她磨損的膝蓋、她的臭臉。某天下午在餐廳，法蘭西絲在眾目睽睽之下，雙手各拿一片巧克力蛋糕，走到瓊恩旁邊坐下。瓊恩狐疑地看著蛋糕。

「這什麼?」她說。

「一塊給你，一塊給我。」

「爲什麼?」

「純粹只是禮貌。何不笑一個，吃一口?」法蘭西絲先吃了一口，瓊恩跟著吃了一口。瓊恩吃到一半，湧起一股情緒，一吃完便立刻快步走出餐廳，她怕自己會因爲法蘭西絲的善良而哭，她還眞的哭了，就在森林的湖邊。一隻潛鳥平穩地降落在耀眼的湖面。那夜的營火晚會，瓊恩坐到法蘭西絲隔壁，法蘭西絲對她微笑，碰碰她的膝蓋，歡迎她進入她的生命。

她們的友誼一發不可收拾；她們從一開始就愛著對方，始終如一。如今，許多年後，瓊恩是唯一能讓法蘭西絲做自己的人。雖然不能直截了當地這麼說，畢竟不是只要瓊恩出現，法蘭西絲就會立刻釋放自己隱藏的內在；應該說，在瓊恩陪伴之下，她成爲只有和瓊恩在一起才會那樣的人——她嚮往成爲的人。瓊恩有很多朋友，但是除了馬爾康，法蘭西絲只有瓊恩。

法蘭西絲望向梳妝臺上方窗外的深邃黑夜。一片落葉歪歪斜斜飄過。「從前四季總是令我充滿期待，現在似乎更像敵人來襲。」

瓊恩在床上翻著商品型錄。「我以爲我們說好晚上不談死亡。」又翻了一頁。「聖誕節快到了。雖然我每年都這麼說，但你的禮物眞的很難買。」

「我很簡單，我什麼都不要。」法蘭西絲覺得送禮是禮貌一點的巫術。又一片落葉飄過窗前，她打了冷顫。她正掙扎著要不要和瓊恩討論她的問題。她決定如果發生無法解釋的事情再說。這時，廁所後方竄出一隻從鼻子到尾巴長達十吋、滑溜的黑色蜥蜴，越過法蘭西絲的光腳，飛也似地鑽進臥室。法蘭西絲掛上電話，走去關門，將自己關在房間裡面。她又拿起電話打給馬爾康。馬爾康在走廊盡頭的房間，他躺在床上，想著爲何蘇珊沒有打給他，以及爲何自己不打給蘇珊。電話一響，他跳了起來。

「馬爾康。」法蘭西絲輕聲說。

「喔，哈囉，嗨。你想我嗎，怎麼了？」

「聽我說。有隻蜥蜴在我房裡跑來跑去，你過來處理一下。」

「蜥蜴？怎麼可能？」

「什麼意思？牠就自己進來啦。你要過來嗎？要或不要？」

「你要我過去？」

「我要你過來。而且我要你想要過來。」

「喔，那我想我最好過去。」馬爾康說。

他馬上去法蘭西絲的臥房。她從浴室的門後說，「你看見了嗎？」

「沒有。」

「你四處跺跺腳。」

馬爾康在房間踏了踏，但是完全沒有蜥蜴的跡象。他知道除非有那隻爬蟲死亡或離去的鐵證，他母親絕不接受其他結果，於是想出一個讓她放心的辦法。他打開窗戶等了一會兒。「你可以出來了。」他說。「牠走了。」

法蘭西絲的頭探出門外。「去哪裡？」

「蜥蜴會去的地方，我們不會知道。」

她躡手躡腳踩過地毯，抓住他的手肘。馬爾康解釋爲何窗戶敞開，她問，「你看到牠出去？」

「牠一溜煙就出去。」

「你好棒。」她對他說，捏著他的手臂。

「沒什麼了不起。」

「你很厲害又很聰明。」

但是現在那隻蜥蜴從法蘭西絲的床底冒出來，沿著Z字形的動線走走停停，朝他們而來。牠停在他們腳邊表演伏地挺身，而法蘭西絲回到浴室，把門緊緊關上。「拜託你幫我打包一些東西，」她說，「還有你自己的，十五分鐘後樓下會合。」

他收完東西後，在樓下大廳看見她在告訴守衛蜥蜴的事。她的頭髮盤起，臉頰略微泛紅；她在睡衣外穿了一件黑紅格子的羊毛大衣，趿著圓頭的平底鞋。她接過行李走出大樓，馬爾康跟隨在後。他們入住四季酒店，在各自的套房休息。

法蘭西絲向客房服務點了兩杯馬丁尼。送來之後，她把酒放在床頭櫃，欣賞它們成對的模樣，然後喝掉。睡前沒有喝水的她，整晚做著口渴的夢：一顆多汁的李子，在擁擠的露天市場，傳過一隻又一隻的手，誘惑著她。睡醒之後，她再次叫了客房服務，要了夢裡吃不到的東西。李子裝在銀絲編織的厚實托盤送到房間。她坐在陽光照耀、寬闊的床上吃著李子，希望滿足夢裡的渴望，但那只是顆李子，普通的李子；錯在乾癟，沒有魔法，而且完全無法減輕，遑論解決她深層的困難。雖然不幸，但不意外，而且她不讓水果的失敗影響心情。她蜷起身體，打電話給貝克先生，他竟然沒接，謝天謝地！她留了一則虛假但可信的訊息，表示她人不舒服，不能出席會議。下午回到家的時候，守衛交給他們一封快遞送來的信和一束超大的花。法蘭西絲聞聞花束，然後問，「有人死了嗎？送花來幹嘛，他們稱心如意了嗎？」守衛沒有貿然回答。法蘭西絲搞得他很緊張，他確信她一定有什麼嚴重的問題。

「蜥蜴的事呢？」她問。

「普萊斯太太。已經解決了。」

「你殺了牠？」

「是。」

「你親自動手？」

「我親自殺的。」

「怎麼殺的？」

「用腳。我把牠裝在盒子裡，如果你想看的話。」

「免了。謝謝，也很遺憾。馬爾康，能請你拿著花嗎？」

信是貝克先生寄來的。法蘭西絲和馬爾康等待電梯的時候，她打開信。法蘭西絲，夠了。都過去了，你也知道都過去了。明天下午三點我會在石洞餐廳。我們已經沒有辦法解決大問題，但可以採取措施輕鬆度過。法蘭西絲在心裡倒抽一口氣，最後兩個字對她而言是不得體的暴力。

花瓣落在馬爾康的頭上和肩膀。他的聲音從花朵後方冒出來，「信上說什麼？」他問。

「沒什麼。」法蘭西絲說。

「誰寫的？」

「不重要的人，不重要的事。」

電梯到了，法蘭西絲按下樓頂的按鈕。她找出花束裡的卡片，是昨晚派對的女主人送的。法蘭西絲唸出來：「『環顧屋裡的時候，看到你站在那裡，和你的兒子、你的香菸，眞是太棒了。我的朋友很多，但不代表我不能辨識其中的寶石。深深崇拜你。』」

法蘭西絲當下沒有評論或回應，但是一走進公寓，她就從馬爾康身上接過花束，拿到廚房，塞進垃圾滑坡的黑洞裡。夾在快遞信件不客氣的實話，以及花束可悲的愚蠢之間，她豈止是不適。

有時候世界會自行修復自己，她明白這點，過去也發生過多次。但是，她的直覺告訴她，這次不會。

3

午餐時間，她在藏書室吃了早餐。過世將近二十年的法蘭克林．普萊斯累積了數量可觀的皮革裝訂初版書，以十九世紀末的文學向短暫的青春致敬。他鮮少打開書本，而法蘭西絲一本都沒碰過，但她喜歡這個房間的氣味和書牆無法穿透的感覺。馬爾康走進房間。他還沒換掉西裝，充血的雙眼藏在太陽眼鏡後面。女傭送來他的早餐，他吃了。法蘭西絲把自己的盤子推向他，他也吃了她的剩菜。她以悲傷的慈愛打量兒子。

「你喝到幾乎不醒人事嗎？」

「沒有。」

「你心狠手辣的繆思害你失眠？」

他搖頭。

她把手覆上他的手表示安撫。「月經來潮？」

他縮了一下，而她裝出天眞無邪的臉。她知道馬爾康怎麼了。「和蘇珊的事怎樣？」她問。

「我們正處於冷靜期，講得好像你不知情。」

「喔，有點年輕，有點——相愛。」她抽了一口菸。「你什麼時候會再見到她？」

「其實我們今天會一起吃午餐。」才沒有，但他不想任憑自己讓她數落個沒完。

法蘭西絲盡力掩飾她的不悅。她拉緊喉嚨說，「我以爲你們快不行了。你們要去哪裡吃飯？」

「我還不確定。」

即使午餐計畫是眞的，他也會說一樣的話，因爲法蘭西絲打斷他和蘇珊約會不是一天兩天的事。「我可以坐這裡嗎？」她坐下之後才會這麼說，侍者已經在她旁邊忙著伺候。法蘭西絲操弄侍者的技巧十分高明；她會馬上拉他進來玩些欺負蘇珊的把戲，表面無害，實則嘲弄她點了不合時令的番茄冷湯，或在室內戴帽子。「這是室內的帽子。」蘇珊會這麼說，但她會漲紅著臉脫掉，於是又被扣掉一分。馬爾康完全不會為她說話，而那個侍者不會知道他在幫忙踐踏蘇珊的心靈。法蘭西絲會堅持買單。

「哎，總之我不能加入你們。」她告訴馬爾康。「我不能再推遲貝克先生的會議。」

「他在激動什麼？又要叫我們節儉？」

「等著瞧吧。」法蘭西絲回答，接著變得疏遠，歪頭，不發一語。馬爾康從藏書室飄回他的房間。他坐在床上看著電話。電話響了，他接起來。蘇珊的聲音低沉得不自然：

「你的冰箱在運轉嗎？」

「嗨，小珊。是貓拉你來的嗎？」

「剛剛，是的。你要和我吃午餐嗎？」

「好。」他說，接著，「等等，抱歉，我剛吃了。」

蘇珊安靜。

「我會看你吃。」馬爾康自告奮勇。

「每個女孩的夢想。」她說。

他們約在市中心的餐酒館。馬爾康遲到，蘇珊早到。她獨自坐在包廂，盯著窗外。她已經好一陣子沒吃沒睡，看起來氣色很差，任何形容氣色很差的詞都適用於她。當下她的內心波濤洶湧，等待她渴望的對象，也是她的痛苦來源。突如其來一陣風雨，紐約市民到處閃躲。馬爾康穿過人群而來，步伐緩慢，形隻影單。他還是沒換衣服，沒刮鬍子，手中沒有雨傘，但是似乎毫不在意自己已經濕透。他的外套鈕釦沒扣，而他不加掩飾、肥胖的肚腩貼著透明的禮服襯衫。蘇珊覺得好像每次他們見面，他都胖了兩三公斤。他走進餐廳，坐在蘇珊對面，雨水從他的鼻子和頭髮滴落。她摘下他的太陽眼鏡，疊好放在桌上。

「你看起來很糟。」

他拿起一根湯匙，看著自己的倒影。「我有點事情。」侍者來了，馬爾康依然看著自己，說：「咖啡和一杯濃的威士忌。」

「先生需要吃點什麼嗎？」

「我吃威士忌。」

侍者走開。馬爾康放下湯匙，蘇珊伸手捏他的臉頰。

「你知道她故意養胖你，對吧？」

「我知道。」

「你覺不覺得那是爲了勸退我，或其他女人？」

「只有你。其他女人根本不會喜歡我。」馬爾康的雙手捧起肚子，用力拍了幾下。「有用嗎？」

「我比較喜歡以前的你。但是沒用，其實沒用。」

蘇珊的眼睛是蜂蜜的顏色，馬爾康看著就心痛，於是他不看。她看著他消失在座位上，想要揍他、親他。

侍者很快端來咖啡、威士忌，還有一條毛巾讓馬爾康擦乾身體。馬爾康喝光威士忌，然後拿起毛巾輕拍頭髮。

「我已經決定要用新的方法對付你。」蘇珊告訴他。「你想聽聽是什麼方法嗎？」

「你嚇不了我的。」馬爾康回答，同時把毛巾圍在脖子上。

「這個嘛，通常我會從看似不相關的角度，問幾個迂迴的問題，用來接近主題，也就是你。而那些答案，湊在一起，就會看出那個陵墓的模樣，也就是你所謂的生活。」

「是。」

「我再也不會那麼做了。」

「不會嗎？」

「我打算直接審問你。」

「我準備好了。」他邊說，邊把鮮奶油倒進咖啡。

蘇珊雙手交叉。「你和你母親的關係有任何改變嗎？」

「沒有。」

「你有任何理由相信一年之內會改變嗎？」

「沒有。」

「你有沒有告訴她，我們訂婚的事？」

「沒有。」

「你打算告訴她嗎？」

「我會告訴她才怪。」

「你想過搬出去嗎？」

「我想過。」

「但是你會嗎？」

「我懷疑。」

她暫停。「我搞不清楚的是，你希不希望，甚至你想不想要，讓我等你？」

「我當然想要你等我。」馬爾康呼嚕呼嚕喝了咖啡。

「但是那樣要求，難道不會很不體貼嗎？」

「體貼──那是你在乎的事嗎？」

他用毛巾完全蓋住頭。「我在乎的事很多。」

「你會描述自己是個懦夫嗎？」

「不會。」

「你會怎麼描述自己？」

「我根本懶得做那種事。」

她把毛巾從馬爾康的頭上拿下，打量他光滑、橄欖色的臉。她怎麼會喜歡上這個悶悶不樂、剛學走路的小孩？有時候，愛情顯得邪惡；而人性，老愛追求得不到的，實在庸俗極了。蘇珊在桌上摺疊毛巾，並說，「我要你知道，我正試著不愛你。」

馬爾康的嘴巴緩慢張開，接著他拿起太陽眼鏡戴上。他的沉默傳達痛苦，而蘇珊很高興，她的話奏效。但是，她知道這不算成功，而且勝利從未如此遙遠。她常常在想，如果法蘭西絲站在她的立場會怎麼做；此刻她問了馬爾康，他彷彿老早就想過這個問題，激動地回答：「她絕對不會讓自己一開始就落入你的立場。」

總是這樣。無論她說了什麼傷害他，簡單的事實會傷她更深。法蘭西絲絕對不會放開馬爾康，蘇珊知道。她要馬爾康讓她靜一靜，於是他起身準備離開。「我要親你的額頭。」他先警告，然後付諸行動，接著離開餐廳，忘了付他的威士忌和咖啡。

蘇菲繼續剛才悲傷的凝視。雨停了，耀眼的陽光取而代之。幾分鐘後，她發現馬爾康站在對街看著她。他的太陽眼鏡歪斜，潮濕的肩膀冒出蒸氣。他就是一堆美國垃圾，而她害怕她會永遠愛他。

4

貝克先生像隻老鼠，不是他的行爲，而是他的長相，眞的非常像老鼠。有時他看來像生氣的老鼠，有時像明智的老鼠；這天，當他坐著等待法蘭西絲抵達，他像隻希望自己是別隻老鼠的老鼠。他非常迷戀法蘭克林．普萊斯，無數次抱著朝聖的心情親赴法庭，目睹那位偉大的訴訟律師。他對第一個案件印象深刻——不是什麼大案件，只是惡性接收某家中西部的電信公司，但是無論是收放自如的野蠻，或是高明的表演技巧，貝克先生從未看過誰能與普萊斯匹敵。正是那天，貝克先生領會那個難得的重點：法庭是個表演的舞臺，演員當場想出臺詞，而大娛樂家才會贏得獎賞。普萊斯起立說話的那一刻，法庭在場所有人都欣喜若狂。他結辯後，現場響起節制的掌聲。從此貝克先生便狂熱地追隨普萊斯的事業。

貝克先生重視的一切都以普萊斯爲典型。他當然也注意到——普萊斯是個瀟灑的男人，穿著時髦，舉止從容；但是他散發氣勢逼人的精神暴力剛好與出色的外貌相互抵消。和普萊斯交談非常困難，因爲如果你讓他覺得無聊，他會說你很無聊；如果你惹他不悅，他從姿態和語言表現的敵意，絕對只會讓你將之等同殺戮。普萊斯從來不會讓人聯想到肢體暴力，但被他免職，就好比臉上被狠狠揍了一拳。

對於這個領域所有從業人員而言，主要且重要的目標就是追求金錢。普萊斯當然不例外，他在職涯剛起步的時候以合法的手段累積一筆不大的財富。但是其他人賺得更多，必定惹他不悅，於是他在職涯的後半便以賺錢爲目標，而這個階段也定義他的身分地位。

普萊斯成爲以惡毒、頑強聞名的訴訟律師，只爲無法辯護的對象辯護，舉凡菸草商、藥商、戰爭販子、槍枝說客。貝克先生偶而免不了吃相難看，尤其是酬勞相當合理的時候，而普萊斯經手的醜陋案件接二連三，從不間斷，所以他的角色也逐漸隱身在他的雇主背後。眾人多半認爲，他頗享受自己參與犯罪所扮演的角色。沒有人知道這是不是眞的，但毫無爭議的是普萊斯的業績。他的收入在美國的律師界數一數二，而他本業以外的投資似乎全都注定賺錢。聰明的專業人士，無論男女，正經說起法蘭克林．普萊斯的時候，總會說他是充滿暗黑能量的人，也受這樣的能量驅動。企圖心強的新人之間有個笑話，他們在路上遇見普萊斯，總會在心中屈膝跪拜。

他死得突然，不僅在他事業如日中天的時候，細節更是毛骨悚然。解剖的法醫說，他執業多年，從未見過如此激烈的心肌梗塞。而且普萊斯的密友和敵人一再重複他的形容，那個負擔過重的器官「像顆該死的手榴彈爆炸」。他的妻子發現他的屍體，但是懶得聯絡相關單位，反而去了韋爾滑雪度過週末。這個事實也是恰好的結局，這個男人活該悽慘落魄。小報刊了一張照片，是法蘭西絲參加滑雪後的派對。她看起來從未如此耀眼，或說愉悅；那張照片呈現給社會大眾的形象是：她已經知道丈夫屍骨未寒，還是能夠狂歡作樂。

接著幾年，到處有人竊竊私語，法蘭西絲那個機智風趣、令人畏懼的美女默默瘋了，現在把她的老貓當成普萊斯，就像已經很奇怪的蛋糕上面再加一層奇怪的糖霜。這是個精彩的故事，所以一再傳頌，說者和聽者無不津津有味。

貝克先生並未在法蘭西絲身上看見這種瘋狂行爲的證據。他唯一知道的是，任何能與可怕的法蘭克林．普萊斯勢均力敵的人，就是值得他尊敬的人，何況眾所周知，法蘭西絲豈止是勢均力敵。打從他們開始共事，他就表達他的尊敬。她理所當然收下尊敬，而且合作頭幾年，她偶而也以微小的善意回報這份尊敬。但是隨著時間過去，財產搖搖欲墜，對她而言，貝克先生成爲崩潰的圖騰、不歡迎的人。他們捉迷藏的遊戲從此展開。

貝克先生不遺餘力搶救她的私人財產，專業上已問心無愧：法蘭西絲花起錢來根本病態。有多少次，他出面請求節約，後來發現他的警告反而刺激更瘋狂的揮霍？她在市區買下她不打算去的房屋；她捐贈驚人的金額給她說不出目標的慈善機構。貝克先生難以擺脫一種感覺，法蘭西絲玩的遊戲，目標就是毀滅。但是她自己意識到了嗎？換句話說，也許她是想要與那些人們認知的髒錢保持距離？不管他的看法是否有用，他認爲她的動機和道德無關，而是某種更小、更私人，而且更惡毒的動機。

最近幾個月，只要想到她的名字，他就覺得噁心。他知道事情已經沒有希望，而且知道最後他必須要和客戶進行他最討厭的對話。他現在就要進行那個對話。法蘭西絲還沒坐好，貝克先生就開口：

「法蘭西絲，全都沒了。」

「什麼沒了。」

「全部。」

法蘭西絲喝了一口水。

「全部。」她說。

「對。」

「我帳戶裡的錢不是。」

「很快就不是你的帳戶了。」

「那是我的名字。」

「你可以保留那個名字。但那個帳戶裡的每一分錢，加上投資和不動產，都要回歸銀行。」

法蘭西絲說，「不動產。」

「可以想像月底之前，不動產都是你的。我這話的意思是，你可以使用那些不動產，但是全都不能賣或租，而且最遲，一月一日你就再也不能進去。」

法蘭西絲又喝了一口水，接著把冰冷的玻璃杯貼在臉頰。「婚前的錢我可以保留吧？」

「那很久以前就已混入財產之中，而且，恕我直言，並不是很大一筆。」

「馬爾康繼承的遺產呢？」

「不行。」貝克先生說。

「一旦銀行對我們採取動作，我們要靠什麼生活？」

「這個問題，我並不知道答案。」看見法蘭西絲這樣的人物陷入這種處境實在荒謬，而貝克先生討厭參與其中。他告訴她，「這個可能性，我已經跟你說了七年，而且可能變成必然，我也跟你說了三年。否則以前你覺得會怎樣？當時你有什麼計畫？」

她吐氣。「當時我的計畫是在沒錢之前死掉。但我以前沒死，現在沒死，人就在這裡。」她對自己搖頭，然後坐直。「那麼好吧。既然已成定局，現在我要你告訴我該怎麼做。」

「做。」他說。

「是的，請告訴我。」

「除了重新開始，還能怎麼做？」

「所以我不知道那是什麼意思？你知道我從來沒有賺過錢，只有花錢？」

「我能說什麼，法蘭西絲？跟朋友借錢？」

「不可能。說點別的。」

「沒有別的。」

「還有別的。」

貝克先生別過頭，又轉回來。他說，「我私下告訴你，現在你唯一能做的，就是全部賣掉。」

「賣掉什麼？」

「任何尚未底定的。賣掉珠寶、藝術品、書本。私下賣，安靜賣，便宜賣。把支票給我，我會轉成現金給你。」

「然後呢？」

「然後隨你便。」

「但是我們要住哪裡？」

「我想你得租房子。」

聽見那個字，就像吞下一塊風乾的麵包邊，法蘭西絲忍不住畏縮。她明白，沒有人會幫她，而且覺得自己非常渺小，覺得冷。她起身。她盯著貝克先生的額頭說，「非常謝謝你所做的一切。我想我們不會再見面了。」

「法蘭西絲，坐。」他說。「點個午餐。」

「我需要呼吸。」

「這不是死掉。」

「我得走了。」

那天晚上，馬爾康走進廚房，發現法蘭西絲正在大理石中島磨著一把又長又亮的刀。她的節奏規律，而且十分專注。馬爾康從未見過她做這種事，或任何廚房的活兒，於是問她，「你在**煮飯**嗎？」

「不，我只是喜歡它發出的聲音。」她說著，略微喘氣，前額的血管隆起。

「你和蘇珊見面如何？」

馬爾康咕噥聽不清楚的話。

「你說什麼，**嘟囔**先生？我聽不懂。但是，我的消息絕對贏你。你準備好了嗎？我們破產了。我們什麼也不剩。完完全全不剩。」她笑得狂顛，在空中揮舞刀子。刀子從她的手中飛了出去，「噹啷！」撞上中島，掉到地板。馬爾康嚇到，於是遠離她。再次獨處的法蘭西絲撿起刀子，繼續磨刀，但比之前緩慢。

5

接著忙了起來。貝克先生幫法蘭西絲和一個叫做勞夫．路迪的人牽線，由他來作中間人，清算剩下的財產。「他的背景不算乾淨，但他很想做生意，而且他自有一套。」貝克先生說。「不要干擾他，法蘭西絲。他會把事辦好，好嗎？」

路迪先生不像事業有成的人，而且不太友善。看房子的時候，他們幾乎沒有說話；法蘭西絲介紹她的物品，以及購買時的軼事，但是路迪先生不感興趣。他拿著一小截鉛筆在墊板上的筆記刮擦，鉛筆小得隱形在他多肉的手裡。他刻意在法蘭西絲面前遮住筆記，不習慣任何輕蔑的法蘭西絲感到一股激動的暈眩，一道討厭的寒意流向她的手臂，直通指尖。看完之後，他們在廚房坐下。

「你明白我真正的處境嗎？」她問。「我意思是，需要慎重的部分？」

路迪先生點頭。他並不打算讓法蘭西絲安心。「我的費用。」他說。

「是？」法蘭西絲說。

「就是百分之三十，不二價。」

「不能談嗎？」

「不能。」

「完全不能？唔……如果你想跟我合作，就一定得談。」

勞夫．路迪愣住。他這一刻才正眼看著法蘭西絲，四目交接時，他明白自己低估對方。她明白他的明白，她的表情說著，你是個無聊、愚蠢的男人，四分之一都別想。「百分之二十七。」他發現自己開口。

「我會給你百分之十五，或者謝謝你撥冗前來。」

「百分之二十五。」

法蘭西絲雙手一拍，現在是她最喜歡的時候。她說，「如果你再說一個不是百分之十五的數字，我就會說百分之十四。再說，我就說十三，而且繼續下降，直到你的酬勞，以及你在我人生唯一的功能，完全消失為止。」

路迪先生滿臉憤怒。「沒得談。」

「這是唯一的方法。」

「這是麻煩的工作。有你負擔不起的風險。」

「風險是我自己的。」

「但這可能會損害我的名聲。」

「名聲。」法蘭西絲微笑。「眞是幽默。」

「是嗎？」

「是的，是。」

「爲什麼？」

「因爲，」她說，「你停車的時候，我看到你破爛的車子。因爲車牌是紐澤西的車。因爲你的襪子，近看，不太像是一對。因爲臨時調查了一下，發現你最近因公然虛報被蘇富比開除，還差點進監獄。還因爲，因爲……沒有必要互相羞辱，路迪先生。我有些不太乾淨的事情需要處理，而你是不太乾淨的人。你似乎認爲你拿槍指著我，但我有其他你沒考慮的選項。」

「北美沒人找得到我。」路迪先生直截了當地說。

「我不懷疑，但你沒聽懂我的話。」她的視線越過他的頭頂。「你沒聽說那些傳聞嗎，關於我的精神狀態？」

「沒有。」他暫停。「我聽說你很奇怪。」

「奇怪。」

「對，奇怪。難搞。」

「難搞。」

路迪先生清清喉嚨。「還有你先生的事。」

法蘭西絲滿臉疑惑。「不好意思，什麼事？」她問。

「你知道的。你發現他的事。」

「啥？」她說。

「你明明知道。」路迪先生說。他這下開始不安。

法蘭西絲舉起一根手指，彷彿自己意外發現答案。「我發現他，但我丟下他好一陣子，對吧？」

路迪先生點頭。

「大家**還在**講那件事？」法蘭西絲覺得好笑。

「當然。我的意思是，你知道的。當然。」

法蘭西絲搖頭。她湊上前去，近得路迪先生可以感覺她說話的氣息：「我偷偷告訴你一個事實：我不只是怪。我心中有一大部分，想把我自己和我兒子反鎖，放火燒了這棟建築。你覺得如何？」

路迪先生顯得不關心。「那不干我的事。」

「我說那是。因爲如果不依我的價錢，這個大部分可能會變得更大。路迪先生，你必須瞭解我的想法，這很重要，而且懂得我的虛無主義，無論事實或程度。現在，你我都知道屋裡許多東西質感非凡。我的東西代表一筆小小的財富。即使小小聲、匆匆忙忙地賣，但其中的百分之十五？想想可以買多少雙襪子。」路迪先生的眼皮垂下，陷入思考。法蘭西絲說，「現在我們一起走到前門，不說話。」

他們眞這麼做，在門廳握手，而且路迪先生訝異自己同意百分之十五的佣金。他知道自己應該討厭這個女人，但他沒有，也無法。身爲一個討厭幾乎所有人的男人，尤其他自己，這是一種新奇、醉人的感覺。「叫我勞夫。」他說。

「我就叫你路迪先生。」

她當著他的面關上門，回到藏書室休息，打電話向女僕要了一杯古典雞尾酒。窗外冬天的陽光明亮，她的血液因爲生命這場恐怖的盛典澎湃激昂。她打電話到馬爾康的房間；他接起電話，但沒說話，他只是坐在那裡呼吸。「過來吧，朋友。我們一起想想光明的面向。」她掛上電話，邊喝邊等。

6

清算正在進行，法蘭西絲和馬爾康回到他們在四季酒店的套房。這段期間他們彼此沒有交談。

馬爾康看書。他正在看的書是回憶錄，描述一趟旅途，闖入不宜居住的地區，下場非常悽慘。他每天只穿浴袍，拉起窗簾，電視開著但靜音。他從不轉臺，偶而瞄瞄電視，就像別人看看窗外是什麼天氣。他每天會點六次正餐：九點和十一點吃早餐；兩點和四點吃午餐；七點和十一點吃晚餐。他吃飯的時候不帶憤怒，也不帶絕望或悲傷，而是帶著嚴酷，彷彿這樣的暴食是種嚴格的訓練。下午他會穿上泳褲去游泳池，其他時間他從不離開房間。到了第四天，他無法應付送餐來時的客套交談，於是要他們把餐放在門外。根據他的經驗，他知道自己正在經歷住在飯店的不適。

法蘭西絲開始看某些眞實事件改編的電視節目。她無法放過任何和監獄相關的節目。監獄大門關上的聲音、回音、遠方看不見的獄友威嚇叫囂、鑰匙撞擊警衛塑膠護具的聲音——法蘭西絲欲罷不能。那不代表她爲他人的不幸得意，或者爲自己的自由安慰。在各自感興趣的領域當中，她和馬爾康都沉浸在鉅細靡遺的描述，宛如親身經歷。他們不斷喝酒，但喝得不多。

瓊恩經常和法蘭西絲聯絡，留話或便條給禮賓人員。法蘭西絲一直迴避瓊恩，但她越來越想吐露自己的心事。十二月初某個晴朗的週日上午，她們相約早午餐。

「他們是不是在說我破產了？」

「是。」瓊恩大口咬下一根西洋芹。「你是嗎？跟老瓊恩說。」

「我是。」

「那麼，破產那個詞是什麼意思？」

「意思就是我一無所有。」

「那麼，一無所有呢？」

法蘭西絲解釋。瓊恩正經八百聽著。「那麼，如果，」她說，「如果我跟你談談借錢呢？」

「喔，千萬不可。」

「贈與呢？更好還是更糟？」

「無論哪個都很難看。」

「你會試著考慮嗎？」

「不會。」

瓊恩說，「我有個計畫。」法蘭西絲等待，看著。

「可能有點白痴。」瓊恩繼續。「但那是個選項，而且你有越多選項越好，對吧？」

法蘭西絲依舊等待。

「我在巴黎的公寓。我有多久沒去了，一年半？只是空在那裡。」

法蘭西絲點頭。她聽懂那個建議，而且在想需不需要花費力氣隱藏她的羞恥。瓊恩握住她朋友的手。「不要急著下結論，親愛的。這很明智。」

「明智。」法蘭西絲說。

「明智。」

「明智。」法蘭西絲正在經歷熟悉的詞語失去意義的現象。「明智。」

瓊恩覺得火大；她用力捏了法蘭西絲的手臂。法蘭西絲做出「噢！」的嘴型，但是沒有發出聲音。她拿起湯匙敲了瓊恩的手。「噢！」瓊恩說，於是她們都坐回自己的椅子，法蘭西絲揉著手臂，瓊恩揉著手，兩人皆以清醒的表情看著對方。

侍者來了，她們點了午餐和一瓶酒。她們吃了午餐，喝了酒。第二瓶酒送來，她們也喝了。巴黎的事還沒說定，但事情開始明亮起來，因爲那是可行的計畫，而且作爲一個計畫，至少算有格調。她們用些青春浪漫的詞語聊著那個城市。她們都曾在法國巴黎戀愛、被愛。瓊恩說她想到法蘭西絲永遠，或大概永遠搬到那裡，就覺得嫉妒，而法蘭西絲一開始接受她的嫉妒，但瓊恩說個沒完時，法蘭西絲說那有失她們的身分，她指的是這種玩笑，而且她們應該面對事情的眞相。

「那是什麼？」瓊恩說。「我們怎麼說的？」

「毀滅。」

侍者來了。「兩位女士，今天用餐愉快嗎？」

「好極了。」

帳單來的時候，法蘭西絲和瓊恩同時伸手去拿。她們坐著搏鬥一番，很快就把帳單扯碎，但兩人都樂得大笑。侍者遞上新帳單，法蘭西絲讓給瓊恩。她們手牽手離開餐廳，法蘭西絲看起來幾乎快哭了。之後，那名侍者在巷子抽菸，想起法蘭西絲陷入沉思。她的美貌並不因她的悲傷減損；當他看著她經過他的視線，瞬間無法呼吸。

她道別瓊恩，回到家中，發現空無一物。職員都被遣散，但是路迪先生在屋裡踱步，同時得意地咂舌。他做了幾個聰明的交易，所以法蘭西絲願意忍耐他的態度；但是他開始出現奇怪的行為，叫她小法蘭，觸碰她的手腕。他穿了新的西裝，噴了大量的麝香香水。當他提議一起去吃晚餐慶祝成功，她伸出冰冷的手，放在他的大臉，並說，「路迪先生，我寧願去幹鰻魚。」聽到這句話，他又擺出清高的態度，她也忍了。當他們結算的時候，她確定他虛報了對自己有利的數據，但她沒有追究，只是拿了剩下屬於她的部分，道過謝，送走油滑的他。支票上寫著一大筆錢，卻不足以代表任何事物，除了暫時的赦免，而且她盯著那些零，流露憂傷，又似背叛。她把支票快遞給貝克先生，請他儘速把錢換成歐元。

7

馬爾康還在他的套房。他和蘇珊在講電話。「我們去吃飯吧，約午餐。」她說。

「不能。」

「我們去酒吧喝東西。」

「不行。」

她回想過去某些行爲，推斷他正經歷久住飯店的不適。她用耐心的語調說，「我想見你，馬爾康。告訴我，怎樣才能見你？」

「我想，」他說，「我可以游泳。」

九十分鐘後，他穿著泳褲站在池邊，蘇珊在他面前划水。他蹲下，雙手抱膝，腳趾抵著泳池邊緣。他踮起腳尖緩慢向前，接著噗通掉進水中。他的身體浮在水面，臉朝下，動也不動。過了良久；蘇珊看著，微笑。他們以前經常一起游泳，她等待馬爾康表演。馬爾康忍不住了，大口喘氣。「我們說那是死人漂浮。」他說。

「我們是誰？」

「我在學校的朋友和我。」

「你才沒有朋友。」

「我有四個朋友。」

「他們是什麼樣的人？」

「有錢的死小孩，跟我一樣。一個沉迷性愛，一個喜歡運動，一個我猜是同志，還有一個過分安分。」

「你又是什麼？」

他思考該怎麼說。「一團心碎的黏土。」

「你爲什麼心碎？」

「這個嘛。」他說。「是在法蘭西絲出現之前。我告訴過你了。」

「沒有，你沒有。」他們面對彼此，往前游。「現在告訴我。」她說。

他含了一大口水，然後向上吐出一道粗粗的水流。「不知道怎麼開始。」

「從結局開始。」

「我父親死了，然後法蘭西絲無預警出現在學校。」

「而且當時你不太瞭解她，對吧？」

「很少。」

「你瞭解你父親嗎？」

「幾乎一點也不。」

「但是他死掉的事讓你心碎？」

「不，我覺得丟臉。」

「因爲事情發生的方式。」她說。

「當然。所有的報紙都登了。芳香的法蘭克林．普萊斯。我的父親樹立這麼多敵人，他們看著那些報導樂不可支。而我的母親被說成某種怪物。」

「其他小孩知道嗎？」

「知道。」

「他們很壞嗎？」

「對。」

沉默半晌。蘇珊說，「那麼，說說看你爲什麼心碎。」

「我心碎，因爲法蘭西絲和我的父親從來就不關心我，哪怕是一下子，哪怕是假裝。我們私校的學生多少都有這種感覺，但我的父母是極端。我的生日不聞不問，連卡片也沒有。我連續十個月沒見到他們任何一人。然後我父親死了。早上十一點，法蘭西絲穿著皮草，搖搖晃晃出現。她問我，『朋友，你好嗎？』」

「你很氣她？」

「我敬畏她。」

「然後她把你帶離學校。」

「她問我想做什麼，我說我不知道。她說『你要不要跟我走？』我說好。」

「你當時幾歲？」

「十二歲。」

蘇珊的手臂開始痠痛，但她繼續游。四周無人；室溫暖和，池水清涼，燈光昏暗，所有聲音都變得朦朧、擴大。馬爾康的表情已是一片空白。謠傳法蘭西絲帶他離開之後，他再也沒有回去，於是她問他是不是眞的。

「我再也沒有踏進教室。」他說。「但是，有馬凱小姐。」

馬凱小姐是馬爾康的家教。她週一至週五會來公寓，來了兩年。起初她教他法文，這就是法蘭西絲雇用她的原因。法文教會了，法蘭西絲沒有解雇她，但是要她繼續教馬爾康「其他東西」。她問法蘭西絲那是什麼意思，法蘭西絲回答：「有趣的東西。」馬凱小姐把這句話當成她想教馬爾康什麼都可以，於是這麼做。

她是個三十五歲的女人，纖細、憂鬱、門牙有縫，還有一雙痛苦的淡藍色眼睛。有時候他們的課程會投入在她無法回答的自我提問，關於存在是多麼可惡的蠢事，浪漫的愛情是虛妄；她也懷疑，不滿和不足是人類狀態的常數。某次她說，「我一直試著及時行進，但是那個鼓手對我窮追不捨。」有時她會曠職，馬爾康會打電話到她家。她會坦白承認，她的壓力大過她能承受。「但是明天我就會去，我保證，馬爾康。你很想我嗎？我喜歡你坐在那裡，對著我抓你的肚子，你這個小紳士。」他們相處一年後，馬爾康愛上她，她也知道，而且謹慎對待他的愛。她很樂意利用這個權力影響他，但她沒有濫用，也沒有增長這個權力。

他們早上在圖書館學習，中午一起在餐廳或咖啡店用餐。法蘭西絲要馬爾康每天都在外面吃飯，因爲，如同她告訴馬凱小姐，「侍者比世界上任何人還要懂人生。」他們吃飯的時候，馬爾康覺得自己很了不起；他開始處理帳單，他也尊敬貨幣，因爲貨幣讓他扮演某個角色。如果侍者和馬凱小姐調情，馬爾康一毛小費也不會給。如果侍者把馬爾康當成平等的人，就會得到一大筆獎賞。馬凱小姐怨嘆這種行爲，直說金錢太常取代口語溝通；但是她不能否認馬爾康令她著迷，而且這麼告訴他。

他十四歲生日那天，馬凱小姐沒來上課，沒接電話，也沒回覆訊息。隔天也是，於是下午，馬爾康人生第一次搭上地鐵，前往她的公寓。馬爾康向蘇珊描述那個景象：「她來應門。她穿著浴袍，胸前有道髒汙。她好像嚇了一跳。她把我拉進去，好像我遲到似的。她的公寓非常悽慘，地上有張床墊，窗戶塞著床單，而且她的冰箱漏水，流到廚房。我發現她很窮，這件事情對我來說非常震驚。我從來沒看過那種景象，我簡直嚇壞了。她說英文，而且不用法文回答我。她要我坐下，然後用一種愉悅得奇怪的口氣，問我『我能爲你做什麼？』

「『今天是我生日。』我告訴她。

「『你的生日是昨天。』

「她知道，但她沒有來，這點讓我心痛。我問她爲什麼沒來，她禮貌地說，

『我現在有點事，馬爾康。』

「『你什麼時候回來？』

「她想了想。『兩天。』

「於是，我就回家等。法蘭西絲注意到我自己一人，問我馬凱小姐在哪。我說她生病了，但她很快就會回來。我的回答一定太多情緒了，法蘭西絲嗅到不對勁，開始盤問我。她很快就套出我喜歡馬凱小姐的事。我覺得我是在分享好消息，但我說完後，法蘭西絲打給馬凱小姐，把她開除。我再也沒見過她。我一蹶不振，過了一個月才又鼓起勇氣回到她的公寓。管理員說她搬走了，不知道搬到哪裡。法蘭西絲問我想不想回學校，我說不想，她說沒關係，但我得固定上博物館和圖書館。」

「固定是什麼意思？」蘇珊問。

「每天五小時，每週五天。大都會博物館、修道院博物館、弗里克博物館、摩根圖書館。一個地方換過一個地方。」

「這樣多久？」

「四年。」

蘇珊說，「你去博物館，自己一人，一天五小時，一星期五天，整整四年？」

「對。」

「你不孤單嗎？」

「我孤單。」

「法蘭西絲從來不曾跟你去？」

「幾乎不曾。我希望她會。某次她說，『要是他們決定我是一座雕像，不讓我回家呢？』」想起這件事情他笑了，然後蹬了游泳池的牆壁，屈起雙腿，慵懶地游泳。

蘇珊想起他們相遇的時候。當時是她人生的谷底；她已經完成學業，待在家裡，想著渺茫的前途，逐漸產生一種匱乏的感覺，主要是愛。蘇珊不乏男人追求。她發現，那種關注雖然令人愉快，但終究無法令人滿足。而且她的追求者，只憑一丁點的互惠，馬上就以爲追到手，這點讓她很悶。她並不愛那些人。她在學校的最後一年認識某種類似愛情的東西，但那太過簡單，那個叫做湯姆的男人和他的計畫都是。他很快就接受她是他的人生伴侶，不免令人懷疑；他選了她，好像從貨架拿下現成的商品一樣。她試著想成他很果斷，而非呆板，但她做不到，而且永遠無法對他產生更深的感情。畢業典禮前一刻，她解除婚約。湯姆上臺接受文憑時，滿臉鄙視，之後還在一片嘈雜的歡呼聲中對她大吼：「我知道這樣很討厭，也許我最好忍耐接受，但我要你知道，你是大爛人。」畢業生的帽子像蝙蝠在空中飛來飛去，蘇珊戴著超大的太陽眼鏡看著。

她回家幾個禮拜，待在她父母的房裡生著悶氣，逃避樓下的雞尾酒派對。此時馬爾康從她死去的父親的衣櫥冒出來，正在幫一只腕錶上發條。她清清喉嚨，他縮了一下，一副作賊心虛的表情。她走向他，問他是不是如她所見，打算偷她父親的錶。他承認是，然後問她要不要約會。她說她考慮要尖叫，但是他要她別衝動，於是她忍住了。馬爾康向蘇珊保證，如果她和他去吃飯，他們的對話將會很有趣，而且吃完飯後他會歸還手錶，或許他們談判之後會成爲朋友。她知道不該順著他的意思，但是，就像之前說的，她對雞尾酒派對不感興趣；除此之外，她從馬爾康的雙眼看得出來，他的腦袋沒有邪惡的念頭，不會比在公園散步危險。

他們一起午餐。吃到一半的時候，她發現他的父親是已故的法蘭克林．普萊斯，而現在普萊斯已經耐人尋味的形象又沉浸在醜聞之中。他結完帳後，她要他歸還手錶。「喔，蘇珊，我可以留著嗎，拜託？」他輕聲說。她喜歡他認眞的渴求，但是承認他讓她覺得不舒服。

「我幾乎從頭到尾都不舒服。」他坦白。

「你知道我父親死了嗎？」

「我不知道，你和他親嗎？」

「不是很親。」

「你恨他嗎？」

「不恨。」

「但你也不愛他，對吧？」

「他是我父親。」她回答。

他癱在椅子上，閉上眼睛，彷彿在曬太陽。「很好啊，爸爸死掉的話。」他說，同時把錶按在耳朵。

蘇珊笑了，不知道爲什麼。「也許手錶可以借你用。」她說。

「啊哈！」馬爾康說。

一開始他們的關係是柏拉圖式的。他們去看電影。馬爾康熱愛電影，所有電影，即使是寫得很爛、導得很爛、演得很爛的電影。其實他似乎對於任何看過的電影都沒有意見；看完他只會說，「我愛看電影。」燈光一暗，他就一個字也不說。電影結束後，他們會散步，在各種天氣下，漫無目的走上好幾個鐘頭，馬爾康很健談，但幾乎不會透露什麼。

他說自己熱愛游泳，但蘇珊發現他游得不如漂浮多；他不想要運動，但想要感受沉浸與濕潤。

他喝酒，偶而過量，但是沒有養成惡習；他不是要扼殺想法，而是重新設定時間，強迫發生。某天熬夜後的早晨，他打電話給她，儘管身體疼痛，他認眞說起宿醉的報應。她以前沒有遇過像他那樣的人，她欣賞他那不尋常、複雜、幾乎完全站不住腳的信念系統。她發現他從不說出乏味的詞，而他喚起她的好奇心，和她平時的朋友不一樣。

但是她會把他介紹給其他親友嗎？根本不可能。馬爾康根本不怕社交不安，不是說他想讓這種情況發生，而是他認爲那種情況尋常到無可避免，一旦發生他會沒有怨言地承受。隨著他的地位在她的生活越來越重要，蘇珊想像兩個世界碰撞會有什麼災難：她的女性朋友在餐廳巧遇正在晚餐的她和馬爾康，而且堅持一起坐。馬爾康不會拿下他的太陽眼鏡。他點的蛋是「眞的鬆鬆炒過的」，浸在番茄醬汁裡頭。除非你和他說話，否則他不會說話，而且只說短短的話，然後氣氛就會凍僵，變成痛苦的沉默。這個想像最糟的部分就是蘇珊和馬爾康離開之後傳開的話。蘇珊知道，必會遭人訕笑。她不計代價設法避免這種情況。

馬爾康沒有意識到蘇珊的擔憂。除非他們相處的時候，否則他無心思考她的生活，而且他根本不會因爲她拒絕介紹她的朋友就感到受傷。

蘇珊把馬爾康當成一隻奇特的寵物，此外也是大學畢業後，意志消沉時期的替代解藥，但是接著發生一件很糟的事——她愛上他了。那就像是一場大病，先在她的意識邊緣盤旋，接著襲擊，抓住她的思想和心靈。她認爲那必定只是暫時，等待幾天再處理，然而她突然無法保持沉默。

他們坐在中央公園的大草地上。馬爾康指著在他們頭上盤旋的蜂鳥。那隻蜂鳥飛出一個長的橢圓，重複一次，接著暫停，瞬間飛遠。馬爾康伸出指尖跟著這些軌跡。當他指著空盪盪的天空，此時蘇珊告訴他，「馬爾康，抱歉打斷歡樂的氣氛，但我好像愛上你了。」他拿出偷偷藏在夾克中的起司三明治，默默吃了起來。之後，他們散步穿越公園。她伸出手，尷尬地用手指圈住他的手腕。他停下腳步，將兩人的十指交扣。

「我們要這樣牽手。」他告訴她。

馬爾康沒有提到法蘭西絲，但是他也不想把法蘭西絲當成話題。蘇珊得知馬爾康和媽媽住在一起，她壓抑心中的警報。雖然他把法蘭西絲說成需要幫忙的人，看他們兩人一起活動的頻率，那個說法顯然矛盾。當她打電話約他見面，他常說他很忙。忙著幹嘛？「改天我想見見你的朋友。」她告訴他。「喔，我沒有朋友。」他回答。此話並無任何感傷，就像其他人說，「喔，我沒有車」。進一步調查之後，焦點逐漸落在法蘭西絲身上。馬爾康談到他的母親時，流露的語調讓蘇珊心神不安。那個女人對他的影響明顯又冷酷，蘇珊不可能不把法蘭西絲當成追求幸福的敵人。「我想見你的母親。」她終於告訴馬爾康，馬爾康聽了畏縮一下，倒抽一口氣，拿起飲料喝。法蘭西絲「很難相處」，他說；她可能會「多管閒事」。但是這些警告，加上馬爾康的父親死後，法蘭西絲惡名昭彰的古怪行爲，只是更誘惑蘇珊。他們交往一年半，蘇珊頑固的糾纏後，馬爾康順從，在他和法蘭西絲的家安排一頓三人晚餐。

蘇珊準時赴約，舉手準備敲門時，法蘭西絲打開門。她年輕時曾以美貌和時髦聞名，現在還是看得出來，但她眼中閃爍惡毒、銳利的光芒，玷污她的形象，不讓蘇珊靠近。法蘭西絲對她說，「站直，看看你是什麼人。」但是蘇珊已經站直了。其實，仔細想想，那天法蘭西絲對蘇珊說的話，幾乎都是侮辱。「那是禮物嗎？」她問起蘇珊手上確實大膽的手鐲。而且蘇珊沒有把盤子吃得乾乾淨淨的時候，法蘭西絲說，「我老到無法去想節食。」

晚餐之後，他們在藏書室喝馬丁尼。法蘭西絲坐在蘇珊對面，醉得一動也不動。偶而她會看著蘇珊，輕輕笑，喃喃自語一些惡毒的評論。然後她開始瞪她，就像花豹凝視動物園的遊客，眼神在說，要不是這片玻璃，我會立刻把你吃掉。那天晚上馬爾康是張全像投影，完全沒有幫助蘇珊，除了偶而略微同情地點頭，似乎在說：你自找的。說得當然沒錯，但是聽了就討厭。

簡單來說，那天晚上是場災難。當沉默的痛苦加劇，蘇珊起身，宣布她要告辭。馬爾康睡著了，或者假裝睡覺；法蘭西絲送蘇珊出去，摸著她的手，要她等到「比較像自己」的時候再來。法蘭西絲關上門後，蘇珊站在人行道上，抬頭盯著那間公寓。放鬆之後，她感覺很不舒服，程度大到超越那天晚上發生的事情。有個未知的聲音對蘇珊說，「小心。」法蘭西絲出現在窗邊；蘇珊離開。

她意外愛上一個男人，他的母親並不贊成他們交往，事情就是如此。但是，這個問題難道不是見怪不怪？根本老套。她安撫自己的直覺。她永遠想不到法蘭西絲主動出擊拆散他們，而且成功了。

在四季酒店的游泳池，蘇珊得知法蘭西絲剛剛就這麼做了。馬爾康解釋他要去巴黎。他很快就要出發，而且據他所知是永遠。焦急的蘇珊劈里啪啦問了一堆問題，馬爾康只是含糊其詞，令人火大。問不下去只好作罷，也沒什麼好說，蘇珊徹底放棄的時候到了。她備受打擊。她用破碎的聲音問馬爾康，「你爲什麼不好好愛我？」他可能聽到了，他沒有回答。「沉入水裡的劍。」他說。他倒立潛進水裡，對著天花板伸出右腳，像舞者一樣踮著腳尖，然後吐氣。光滑的腿開始慢慢下沉，很快就完全消失，水面毫無一物，只有緩緩湧出的氣泡。

8

馬爾康在法蘭西絲的套房和她一起吃早餐。他們聊著瑣事，看不出來他們即將放棄他們的生活。法蘭西絲叫馬爾康去辦理退房，他去了，但是帶著消息回來：他的每一張卡都已被取消。法蘭西絲打電話到櫃檯；她要求賒帳，被拒絕後，她大為光火：「別一直跟我說『普萊斯太太』，這位某某某先生。我的幾十萬美元你有多少？」

「我個人完全沒有。」禮賓人員說。「酒店感謝您長期的支持。我們期待未來更多互惠。請告訴我，我們如何幫助您達成此時的需求。」法蘭西絲掛掉電話。馬爾康願意拿出他剩下的現金付帳，但她解釋他們需要現金買票離開這裡。她安排禮車司機私下來拿他們一大堆的行李，然後她和馬爾康沒有結帳就離開酒店，走路回到他們的房子。守衛告訴他們，銀行的人在前門裝上一道鎖。法蘭西絲和馬爾康又遊蕩到外面；小法蘭克駝著背，憂鬱地坐在人行道上。「哈囉，王八蛋。」法蘭西絲說。那隻貓看她一眼，又別過頭。她告訴馬爾康她有事要辦，要他中午到第十二大道的候船處等她。他不發一語離開，小法蘭克跟隨在後，過了一會兒，禮車停在路邊。法蘭西絲輕拍她的手錶，「我欣賞你的時間拿捏。」她告訴司機。

「我欣賞你的外套。」司機接話。他載她到貝克先生位於市中心的辦公室。貝克先生的助理送上果汁和糕餅，而貝克先生坐在椅子上，容光煥發，樣子就像他和法蘭西絲一起做完一筆愉快的生意，而現在他想討論未來的合作機會。他問法蘭西絲爲何需要把錢換成歐元，她告訴他，「我要去巴黎。」

「好啊，口氣眞不小，看看你。」

「*Oui*，*petit cochon*。」貝克先生沒有聽懂。「小王子。」她解釋。

她的現金一疊一疊整齊放在他們之間的桌面。貝克先生看著她把紙條綑綁的鈔票放進她的黑色大背包。他知道他應該說點什麼，然後決定不說，卻又忍不住。

「放個十七萬歐元在你的錢包零花？」

她背起背包。「你以前從來不曾討人厭。」她說。「爲何現在開始呢？」

他起身，伸出手。「我會想你的，法蘭西絲。」

「最好是。」她握了他的手，然後離開。貝克先生轉向她的助理，一臉好笑。

「再也沒有這種人物了。」他說。

「*Cochon*的意思是豬。」助理告訴他。

馬爾康和小法蘭克在候船室外一個滿溢的垃圾桶旁等候。司機把他們的行李卸到人行道上，此時馬爾康發現他們要搭郵輪去法國。身爲一個會暈船的人，他請她重新考慮搭飛機。法蘭西絲感到很抱歉，但是不爲所動：她面對的危機宛如千軍萬馬狂奔而來，她想要且需要，帶著椎心刺骨的傷痛面對無盡的大海。她向馬爾康要了他的現金，他遞給她。

他們走進候船處，跟著曲折的隊伍排隊買票。法蘭西絲跟櫃檯一個陰沉的男人買了兩張頭等艙的票。「護照。」他說，法蘭西絲遞給他。那個男人注意到馬爾康懷中的小法蘭克，要求看那隻動物的文件。法蘭西絲表示她沒有文件，那個男人大嘆一口氣，表達精神上的疲憊。「你們不能帶著沒有文件的動物上船。」他說。

「好吧。」法蘭西絲說，接著她告訴馬爾康，「請把他放在外面。」馬爾康把小法蘭克放在候船處前面的人行道上。

櫃檯的男人看著眼前這一幕，訝異得說不出話。馬爾康回來後，櫃檯的男人問，「你打算就這樣把他丟在人行道上？」

「對。」法蘭西絲回答。

「你要把他留在人行道上，然後去法國？」

「法國巴黎。」

櫃檯的男人搖頭。他像在檢查他們的護照，但是內心湧起怒氣。最後，他忍不住。「你把一隻動物帶進你的生命，就有責任好好對待那隻動物。」法蘭西絲輕輕把護照朝那個男人推得更近。他很生氣，但是沒有法律資源禁止法蘭西絲和馬爾康離開美國。他把護照和船票遞給他們，粗魯地揮手要他們離開。此時，小法蘭克已經偷偷潛進候船室，正沿著裡面的牆壁走向乘船處。

法蘭西絲和馬爾康托運他們的行李後，動身前往逐漸接近的船。法蘭西絲為眼前碩大的船感到興奮，但是馬爾康立刻覺得反胃，懷疑他的腳能走上船。船的側邊是棟摩天高樓，比任何出海的船還要巨大，代表人類野心的極點。登船的手續在步橋的盡頭辦理，而馬爾康發現，他無法參與；他站在他母親的右邊，不敢看任何地方，只敢盯著自己的樸素皮鞋，告訴自己吸氣、吐氣、吸氣、吐氣。他抵達他的艙房時，胃已經開始翻滾，船還沒離港他就吐了。他爬上床，拿了一個塑膠垃圾桶放在胸前，法蘭西絲坐在旁邊的椅子，小法蘭克窩在她的大腿上。她的手中拿著一杯飲料，她說味道像是加了冰塊的防曬乳。

她趁著馬爾康動彈不得，開始細數自己從前各式各樣的情史。「有個勞爾。」她說。「那個跑龍套的拉丁情人。他以前總會問我，『你會永遠記得這個嗎？』我猜他已經死了。他從沒求婚；他不想**永遠**和我在一起。他只希望他消失後我會想起他，這就是我正在做的事情——不客氣啊，勞爾。」她聳肩。「還有肯尼斯，**上流階級**（**WASP**）的奇蹟男孩。我們以結婚爲前提交往，結果他在長島出車禍死了。對於死得很慘的人，你回想他們活著的時候會仁慈點。我們告訴自己，我們有預感他們會死，但我沒有，沒有。告訴我的人是瓊恩，而且我確實哭了，但我感覺是刻意的，後來我清醒躺著，訝異自己竟然不太在乎。他那樣死掉很可惜，我很高興我們沒有結婚。他想壓抑我的心靈，而且他可能會成功。但是他是個英俊的小子，非常英俊。

「這件事情之後，緊接著出現的是查爾斯。不幸的是，他是肯尼斯已婚的叔叔。守靈的時候他來關心我，他告訴我，表達內心感受很重要。他牽起我的手腕，我記得我喜歡他的手錶，是一只勞力士，而且好奇他手上曬黑的痕跡。『你六月要做什麼？』他問。隔天早上他打電話給我，要我六月一日在紐澤西一條機場跑道和他見面。『帶著護照、泳衣，還有一本好看、厚厚的書。』他說。我很盡責地把這些寫在筆記本上。我搭計程車去，查爾斯站在停機坪旁的鐵絲圍欄等待。他穿著短袖上衣，戴著太陽眼鏡，我對天發誓他在抽雪茄。他接過我的包包，我們走向螺旋槳飛機。『你擅長保密嗎？』他想知道。我回答『相當會。』他以為我想表現聰明。十四天後，我們回來，我曬得比他還黑，他把他的手錶給我，疼惜地摸摸我的下巴。他以為會看到淚水，但我根本就不難過。那本好看、厚厚的書，我徹底讀了兩遍，不是因為我覺得值得重看。計程車司機問我去了哪裡？我告訴他『不是什麼特別的地方』，而且我把勞力士給他當作小費。他以為那是仿的，我也懶得糾正他。曼哈頓的每個人都知道這件緋聞，是我告訴他們的。查爾斯的婚姻破裂，他跑來譴責我，但又問我要不要和他遠走高飛。我說我不要，然後他就人間蒸發了。這件事情之後我就變得有點出名，那些想冒險的人會來找我。這是我的醜聞初體驗。我不能說我不喜歡，而且也幫我為之後的事情準備。」

馬爾康坐起來，對著垃圾桶乾嘔，但什麼也沒吐出來。他又躺回床上。

法蘭西絲說，「朋友，我經歷的災難都很慘烈，而且接二連三。這就是我。也許你不喜歡這樣的母親，但我告訴你：接二連三經歷慘案，其實很好玩。」

馬爾康指著貓說：「告訴我他的事。」

法蘭西絲站起來，抱著小法蘭克走到門口，放他下去走道，走回去坐下，耐心看著馬爾康。

「說說你的第一次約會。」

「第一次約會，他帶我去綠苑酒廊。他用刀叉吃杯子蛋糕，我心想，誰會愛上這個人？」

馬爾康說，「我無法想像在綠苑酒廊吃杯子蛋糕。」

「那樣說就太俗氣了，馬爾康，但是仔細想想，真的，他們確實有段時間在綠苑酒廊賣巧克力杯子蛋糕。他很緊張，但隱藏得很好。我喜歡他不怕沉默。」法蘭西絲自己陷入沉默。

「繼續說他的事。」馬爾康說。

「我不想。」

「但你愛他嗎？」

她被這個問題嚇了一跳。她思考答案，誠實回答似乎才是對的。「我愛，然後不愛，然後愛，然後我**真的**不愛。」

暫停片刻後，馬爾康開始大聲吐進垃圾桶。法蘭西絲把這個當成要她退場的暗示。幾個鐘頭後，她的電話響了。馬爾康說他暈船的症狀已經好轉，而且已經探索過整艘船。「你知道船上有個靈媒嗎？」他說。「他們幫她在自助吧對面設了一頂小帳篷。要一起去找她嗎？」

法蘭西絲沒有勇氣聽到任何未來的預測，所以說不去，但是她要馬爾康回來後跟她詳細報告，於是馬爾康掛上電話，去找甲板上的靈媒。

走向帳篷的時候，他以爲自己聽錯，後來確定沒錯，是某人心情沮喪的聲音。他從月亮形狀的窗戶偷看，看見兩個女人，一個年輕，一個年長。她們中間隔著一張桌子面對面坐著，桌面擺滿蠟燭、核果、薰香，還有塔羅牌。年長的女人在哭，年輕的那個沒有。「抱歉。」年輕的女人說。「我很抱歉。」年長的女人似乎沒有聽到那些話，不久後她站了起來，急忙走出帳篷，哭得很慘。年輕的女人還在裡面，她閉上雙眼，揉揉太陽穴，自言自語，但聽不見。

馬爾康觀察她的時候，發現她的長相順眼，而且篷內的氣氛——煙、昏暗的光線、柔軟的織物——令人感覺親密。她睜開眼睛，看見盯著她的馬爾康，嚇得大聲尖叫。他連忙逃走，下樓回到房間。過了五分鐘，一張紙條「咻」地穿過門縫。他以爲是靈媒來抱怨，不安地打開紙條。結果竟是法蘭西絲寫的，指示晚上要做的事。

9

到了約定的晚上八點，馬爾康穿著燕尾服出現在宴會廳。法蘭西絲穿著禮服，馬爾康坐在她的右邊。小法蘭克坐在她左邊的椅子，看著窗外黑色的天空和更黑的海洋。法蘭西絲也瞪著眼睛；他們的頭以相同角度歪斜。馬爾康問她還好嗎，她回答，「我無意間聽到一個男人說，船與海底的距離是五哩。」

「是嗎？」他說，依然坐著。

「唔，眞希望我不知道。在郵輪上這麼說也太蠢了。」

一位侍者來到桌邊，是個標準的年輕帥哥，一頭定型的濃密黑髮。他指著小法蘭克說，「請問這是誰的貓？」馬爾康和法蘭西絲都沒回答，於是他帶走小法蘭克。那隻貓掙扎地掛在那位侍者的手上，看似厭煩被人帶走。過了一會兒，法蘭西絲感到罪惡，或者某種類似罪惡的感覺，她出去找那個侍者。

馬爾康只好研究舞池。舞池擠滿了人，好像正在進行什麼遊戲，只是群眾的年紀較老。想不到他們只是請來三重奏，卻能一首接著一首，彈著大樂隊的曲調。舞池的人們隨著音樂旋轉、急拉。馬爾康感到違和，他想到這種熱舞應該是比眼前這群長者年輕二、三十歲的人在跳的，但是他們正興致勃勃地賣力跟上。剛才在靈媒帳篷哭泣的女人現在又重拾笑容，穿梭在群眾之中，對著空中拋撒五彩碎紙。她似乎完全迷上做這件事，彷彿這就是她一直想做的事——穿著粉紅色的禮服走動，朝陌生人的頭頂丟出五彩碎紙。人群將她淹沒，但是馬爾康偶而還是可以看見宴會廳遠方某處噴出碎紙。他試著釣起法蘭西絲飲料底下的櫻桃，此時看見那個靈媒經過。他呼喊她；她走了過來，站在他的面前。「我是馬爾康。」他解釋。她沒有回答，於是他問，「請問你叫什麼名字？」

「梅德琳。」

「梅德琳，你願意和我喝一杯嗎？」

「不要。」

「只是一杯，梅德琳？」

「不要。」

法蘭西絲回來了，她把小法蘭克夾在腋下，像夾著橄欖球。看見貓來了，梅德琳的態度完全轉變。她單膝跪下，雙手捧著他的頭，深深凝視他的雙眼。接著抬頭看著法蘭西絲說，「你這動物非常有趣。」

法蘭西絲問馬爾康，「這是誰？」

「靈媒梅德琳。」

「她在做什麼？」

「我不知道。梅德琳，你在做什麼？」

梅德琳站起來。「抱歉。」她說。她指著小法蘭克問，「你們不知道嗎？」

「我們知道。」法蘭西絲說。

帥哥侍者回來了。他給梅德琳一個不悅的眼神，她也不服地看著他。她坐下，把椅子靠向馬爾康。「我也要一杯那個。」她對著那個侍者說，「乾馬丁尼。」

「你知道你不能坐在這裡。」侍者告訴她。

「少無聊了，薩爾瓦多。」

「我不會服務你。」

法蘭西絲過去站在侍者薩爾瓦多面前。「不好意思，晚安，哈囉。」她說。「有什麼問題嗎？」

薩爾瓦多臉色發白。「晚安，夫人，是的。抱歉，我無法在宴會廳服務這位年輕女士。」

「那是爲什麼呢？」她一派天眞地問。

「因爲她也是這裡的員工，這是公司規定。」

「隔離的規定？」

「我不確定能不能說是隔離。」

「我想就是隔離。喔，但這是個醜陋的詞，是吧？」

「船上也有很好的食堂給員工，夫人。」

法蘭西絲看著梅德琳。梅德琳說，「很暗，而且都是油臭味。」

法蘭西絲用她最不友善的表情盯著薩爾瓦多。「我想她點的是乾馬丁尼。」她說。

薩爾瓦多根本不是法蘭西絲的對手；他離開去拿飲料。梅德琳說，「嘿，謝啦。」法蘭西絲抓起小法蘭克的手掌讓他敬禮。她對馬爾康說，「我們要去躺一下。」

「你的晚餐呢？」

「我會叫到房間。你等等來找我們。」

馬爾康同意，法蘭西絲離去。她走了之後，梅德琳說，「她真帥氣。她付你多少？」

「付我？」

「你不是他的小白臉嗎？」

「喔，天哪！」馬爾康說。「她是我媽。」

梅德琳舉起手。「請原諒我，但這很普遍，你會嚇到。」

薩爾瓦多很快送來梅德琳的酒。「你還真是他媽的紳士呢，薩爾瓦多，你知道嗎？」她說。不到五分鐘她就喝光第一杯馬丁尼，接著點了第二杯、第三杯。喝了酒的她得到安慰，於是變得友善、好奇。她問起馬爾康的生平，他說了蘇珊和他母親的事。「那個城市不夠大，容不下她們兩人。」他說。

「哪個城市？」

「紐約市。」

「你還有婚約在身?」

「技術上是，讓你很困擾嗎?」

「怎麼會?」

馬爾康問她，帳篷裡的老女人爲什麼哭，梅德琳說，「這艘船上四分之一的人都快死了。但是如果我提到一個字?我就得走人。」

「你告訴那個女人她快死了?」

「對，因爲她是。」

「我剛剛看到她，她看起來還算健康。」馬爾康提起那個女人在舞池丟五彩碎紙的事。梅德琳無所謂地聽著。「她永遠不會再見到陸地。」她說。

馬爾康也在喝酒，而且酒精引發短暫的相互好感，於是梅德琳邀請馬爾康去她的艙房，那是個擁擠、窒悶的空間，到處都是髒衣服和零食垃圾。一關上門，梅德琳就將她的吉普賽洋裝往上拉。她爬進床鋪，馬爾康跟隨在後。他知道那樣的刺激會伴隨意料之外的越軌行爲;他扒掉他的襪子，並說，「我不需要這些!」他們一起經歷普普通通的性交。完事後，梅德琳的態度轉爲冷淡。「我現在要睡覺了。」她說，馬爾康同意，並且把頭放在枕頭上。

「我是要你離開。」梅德琳告訴他。

馬爾康穿好衣服，正要伸手開門時，門的另一邊傳來謹慎的敲門聲。他看看梅德琳，但她沒有反應；她躺在她的床鋪放空。敲門聲再次響起，這次更大聲。馬爾康確定是梅德琳的愛人來找她，難道是薩爾瓦多？當時是凌晨三點，馬爾康的皮膚因爲疲勞發疼。他知道無論是誰在門後他都無法面對，但是他也無法回去躺在梅德琳身邊。他閉上雙眼，站著不動，感受腳下海水緩慢的搖晃。五哩——多麼糟糕的自然事實。他想著只見尖端的船沉入黑暗之中，以及最終船與布滿沙土的河床兩相碰撞的慢動作。

10

法蘭西絲坐在床上，穿著靛藍色的浴袍，頭髮往上盤，一邊端詳手上鏡中的自己，一邊跟小法蘭克說話。小法蘭克坐在床頭，聆聽著有什麼可以覺得有趣的話。「某方面來說，就像退休。」她說。「雖然，我從沒工作過，何來的責任要卸下。再說，誰會在錢都沒了**之後**退休。」她做了一個表情代替聳肩。她放下鏡子，看著小法蘭克。「我不確定我們要怎麼把你弄進歐洲。」她說。她舉起鏡子，吸著腮幫子。「還有那堆可愛的錢。」她靜默片刻，接著關掉床頭燈。

11

幾天過去了，什麼也沒發生。海洋比法蘭西絲想像要大，她希望船可以開快一點。航行的最後一夜，她和馬爾康受邀與船長同桌吃飯。船長大約六十五歲，滿頭白髮，是個老派的俊男。他點了偏生的牛排，喝著加冰的威士忌，一看見法蘭西絲就迷戀上她。他對她說盡好話，但她連一眼都沒看他。並不是她故意忽視他，只是因為她已迷失在曲折迂迴的內心世界，沒有意識到他的存在。廚房的盤子破了她才回神，接著觀察這桌。船長殷切地看著她。「我要搬到巴黎。」她告訴他。

「是阿，我曉得。你興奮嗎？」

「我想我應該興奮。」

「我佩服你為自己勇闖人生下半場。」他對著她的方向舉杯。「太棒了。」

「謝謝。」法蘭西絲說。「但老實說，這是第三場，或你可以說是coda。」

船長面有難色。他靠向坐在身邊的年輕男子，在他耳邊說了一些話。這個人是船長的部下，而且兩人長得之像，他們可能是親戚。這個部下聽得仔細，意見或指示下達後，他便離開桌子。船長繼續和法蘭西絲說話：

「而且你的兒子和你一起，對嗎？」

「當然。」她說。她拍拍馬爾康的手，而他自然轉向她，但是沒說什麼。他在想著靈媒梅德琳。自從他們逢場作戲之後他就再也沒見過她，前天他去她的帳篷找她，但是入口掛著「休息中」的標誌。晚餐之前他又去敲她的房門——沒有回應。薩爾瓦多在宴會廳遙遠的另一端工作，馬爾康對他揮手，但他沒有回應。

「這麼孝順的孩子，眞是難得。」船長繼續。「我頂多只能讓我女兒和我講講電話。」他壓低音量，彷彿這是半個祕密，他說，「我和我的母親也很親。」

「我鄙視我的母親。」法蘭西絲說。

「眞的嗎？」

「鄙視。」

想要圓融的船長說，「為人母的責任可能是種壓力。」

「她是惡魔。如果地獄這種地方存在，那就是她的住址。」法蘭西絲示意侍者再送一杯酒。

船長不知道該怎麼回應，坐著不語，盯著牛排，心想法蘭西絲是不是瘋了，接著又想，瘋不瘋有沒有差別。法蘭西絲的飲料來了，她啜吸一口。她想起前幾天得知的可怕事實，問，「聽說船身距離海底五哩，是眞的嗎？」

船長想不到自己寧願被問什麼問題，幾乎搶著回答。「最深的地方還不到，但是接近了。我們說的是馬里亞納海溝，那在西太平洋，對我們目前來說距離已經很遠。但五哩的深度並不常見。我們現在所在的地方，大約是在兩哩上下。」

對法蘭西絲而言，這個消息就像藥膏，而且一杯又一杯的琴酒正在發揮作用。她忽然發現船長的外型相當吸引人，她自己也嚇了一跳。他是個丑角，她也知道，但是航程就快結束了，乾脆玩玩，有什麼損失？船長推想她覺得他很可愛，大爲振奮，開始盡情獻媚。他們彼此靠得很近，聲音嘶啞低沉。

「你有很多水手同事嗎？」法蘭西絲問。

「很多。」

「有誰曾被深溝吞沒嗎？」

「我很遺憾，但確實有。」

「你是否曾經害怕步上他們的後塵，甚至爲此驚醒？」

「是阿，法蘭西絲，我想過。」船長的部下回來，遞給他一張摺起來的紙條，然後回到座位，死盯著前方，透露神祕的警覺。船長愼重打開紙條，看過之後點頭，塞進外套口袋。那個部下面不改色；法蘭西絲詢問船長，「這個年輕人是你的親戚嗎？」

「不是。」

「從外表看來可以當你的兒子。」

「那倒是。但不是，他不是。」

「他叫什麼名字？」

「道格拉斯，我都叫他道格。」

「那不是很好嗎？」她往前。「我也可以叫你道格嗎？」

「是的，夫人。」道格回答。他的臉頰瞬間漲紅，法蘭西絲被這位年輕人的害羞和禮貌感動。「沒來由的，我覺得好快樂！」她說。那個船長察覺自己的機會來臨，把手放在法蘭西絲的手上。她看著手，他看著看著手的她，接著自己也看著手。馬爾康也看著；但他此時別過頭，看著坐在左邊的老先生。那個老先生穿著不合身的白色亞麻襯衫，看得出來穿過多次，而且他滿身是汗，呼吸吃力，臉色像生牛肉。他正盯著手中的龍舌蘭酒。馬爾康輕輕推他，那個老先生縮了一下，猛然從鼻孔吸一大口氣。「幹嘛？」他現在把眼神移開他的酒。

「我是馬爾康．普萊斯。」

「很好。我是布利斯．馬洛斯。」

「你的名字是布利斯．馬洛斯？」

「是的。」

馬爾康思考了一下。他說，「我們的名字都跟恐怖電影有關。」[1]

他把頭轉向馬爾康。「也許。」他說。「但我不知道，我不看恐怖電影，因爲我的人生已經是齣恐怖電影，幹嘛還看？」

「好。」馬爾康說。

「我看紀錄片。」

「好吧。」

這個男人是船上的醫生。醫生的心情平靜之後，馬爾康問他，他承認這趟航程很不容易。「有個白痴裝成吉普賽人，告訴其中一位乘客她會死，這已經很糟了，結果那個女人真的死了。」

「你是說梅德琳？」

「那個吉普賽人？她的名字好像是這樣，你認識她？」

馬爾康說他認識，然後形容梅德琳的外型。醫生點點頭，「喔，他們把她丟進罐子裡了。」

「罐子？」

「船上的禁閉室。」

「他們可以那麼做嗎？」

「他媽的可以。」那個醫生喝掉半杯龍舌蘭。「一般律師就可以證明你的朋友謀殺那個女人。恐嚇導致心跳停止。」他彈了手指。「這些老人，你一噓，他們就嚇死了。船上死了人？在密閉的環境？他們他媽的根本受不了。我看過。很

1 指的是兩位恐怖電影的演員，文森・普萊斯（Vincent Price, 1911-1993）與布利斯・卡洛夫（Boris Karloff, 1887-1969）。

猙獰。」

「他們會怎麼處置她？」

「你的朋友？他們可能會在加萊趕她下船。或者把她關在罐子裡面，直到船回去美國。無論如何，她走定了。」他喝完他的龍舌蘭，馬爾康喝完他的威士忌。附近有位侍者，他們兩人同時揮手，指著他們的空酒杯，但是那個侍者走開。

「海上很多突發事故嗎？」馬爾康問。

那個醫生的臉皺了起來。「你有所不知。」他靠近，眼神飄忽。「圈內人的祕密，」他悄悄說。「輪船就是死船。」

那個侍者回來了，馬爾康和醫生又向他揮手，他依然沒看見他們，或者假裝沒看見他們。他還沒跑掉之前，布利斯．馬洛斯一個箭步抓住他的衣袖。

「不好意思。」那個侍者說。

「除非你正視我們的需求，否則我不會放手。」

「先生，請放手。」

「你要不要正視，要或不要？」

那個侍者很快送來他們的飲料。醫生啜飲一大口，然後大呼一口氣。「我可以讓你看個非常恐怖的東西，如果你想要的話。」他說。

「想。」馬爾康說。

他們離開宴會廳，走下一道越來越窄的樓梯，空氣也越來越窒悶。他們一起走進員工電梯，電梯小得兩個男人的肚子碰在一起。他們抵達醫務室的時候，酒杯裡的冰塊輕輕發出碰撞聲。醫生要馬爾康等他，然後走進一道金屬門，門上掛著手做的標牌：冷藏區。字體的模樣就像堅硬的冰塊。馬爾康把手放在門上，確實相當冰冷。

他坐在那個醫生的書桌，翻著那個人的工作紀錄。一開始有病患姓名、症狀、處方等，接著是一連串的圖畫：一把三色堇、一艘無人的划槳船、各種手部或捉或伸的姿態。這些繪畫說不上好壞；代表某人消遣時間的興趣和某個程度的能力，但缺乏熱情和活力。話雖如此，有張圖畫吸引馬爾康。那是一棟最像房屋的房屋，有著必備的玻璃格窗、矮樁圍牆、整齊的花園、瓦片屋頂——完全就是理想的美國房屋應有的特色。紅磚煙囪冒出裊裊炊煙，連成纖細的字型，飄浮在空中：死亡，一道煙霧——從鼻孔進入，從嘴巴呼出！

那幾個字讓馬爾康莫名難受。他闔上筆記本，遠離桌子，不知道接著該做什麼。他的手腳有點不聽使喚，於是對自己承認「我喝了太多」。此時那個醫生回來了，笑臉盈盈，雙手各拿一杯盛滿的烈酒杯。「試試這個。」他說。

「這是什麼？」

醫生給馬爾康一杯。「帕林卡。匈牙利的白蘭地。」

馬爾康聞聞那杯酒，然後退縮。「我不想喝。」

「你一定要喝。」

「爲什麼？」

「因爲好玩。你和我。喝酒。」他舉起他的酒杯敬馬爾康；馬爾康一口喝掉半杯。濃烈的酒令他反胃。「烈酒。」他邊喘邊說，還微微發抖。「很烈。」

「會殺了你。」那個醫生說，而且喝掉他的帕林卡。他示意馬爾康跟著他進去冷藏區。馬爾康跨過門檻，感覺冰箱般的寒冷，因爲那裡是船上的太平間。他發現自己站在一具屍體旁邊，就是之前他才看著她一邊跳舞，一邊撒著五彩碎紙的女人。她躺在醫生從牆上拉出來的厚板。她依然穿著粉紅色的禮服，頭髮裡面夾雜五彩碎紙，但是她的面容灰暗恐怖，而且所有的活力、可愛，全都不復存在。

馬爾康有時會因自己無法體驗情緒而感到灰心，但是此刻他似乎又體驗太多。那不是悲傷或厭惡，而是某種更像耳朵裡面壓抑的聲音。醫生在他的後方拉出其他厚板，每張都躺著一具屍體，一共九具。馬爾康在他心中搜尋這幅景象的意義。

這個房間本來是空的，現在是滿的。

「他們怎麼了？」馬爾康問。

「只是死了。」醫生回答。

「我們在海上不到一週。」

「一天會有一具屍體。這是橫跨大西洋的行業標準。我有個理論，他們來到海上，因爲潛意識知道自己快死了。大概是某種北歐人的衝動。」布利斯·馬洛斯在笑，馬爾康忽然想遠離他。他喝完帕林卡，把酒杯放在他面前的厚板。醫生盯著酒杯。「怎麼了？」他問。

「我想睡了。」

那個醫生忽然感到沉重。看來馬爾康令他失望，雖然頗爲失望，但又好像不是第一次。「謝謝你讓我看這些。」馬爾康說，慢慢退到出口。那個醫生只是聳肩。

「我不會跟任何人說。」

「想跟誰說，就跟誰說。」

馬爾康離開冷藏區，覺得噁心，迫切渴望新鮮空氣，但是當他上到甲板，強風幾乎把他吹過欄杆。回到船內，他閒晃了一下。他發現他弄丟了鑰匙，而且想不起來自己或法蘭西絲的房號，甚至想不起來幾樓，也不知道要去哪裡尋找答案。最後他累得找到一個陰暗的角落，坐下睡了。幾個小時後他醒來，一道粉紅色的光芒攀上他的腿，他嚇了一跳：曙光。他盤著腿睡著，一時之間無法移動雙腿，必須伸直，等待血液循環才能再次活動。

12

馬爾康和醫生兩人一起不見人影後，法蘭西絲和船長繼續喝酒，而且船長邀請法蘭西絲參觀他的寢室，她答應了，於是跟著他走。他拿下他的夾式領帶，抓著香檳瓶口，吹起口哨，是好時巧克力的主題曲。他的房間井然有序，毫無特色。我要幹船長了。法蘭西絲心想。但他是個過了人生高峰的男人，那天晚上在他的房間沒有做什麼。法蘭西絲非常訝異，船長對於自己性事無能，竟然毫不覺得困擾。「這很正常。」他說。

「我沒遇過。」法蘭西絲承認。

「這非常正常。」對他來說，這件事大概就像公園長椅油漆未乾的標示，那樣的警示程度而已。「誰有肚子喝香檳？」他推開瓶塞，倒出兩杯香檳。那是廉價的香檳，但是絲絲冒出的泡泡輕搔法蘭西絲的嘴唇，而且她為自己迂迴的夜晚感到好笑。她有種感覺，只要她保持向前，她的生活不可能無法繼續。她的心中浮現這個令人安慰的等式，她感到擁有能力而且輕鬆。她和那個船長光著身體躺著擁抱，但是兩人都低頭盯著船長的陰莖，像一朵自己躲在洞裡、自閉的香菇。

「跟我說個床邊故事。」

「我想不到任何床邊故事。」法蘭西絲回答，她想了一會兒。「我可以告訴你奧莉維亞的故事。」

「太好了。」船長說，同時閉上眼睛。

「奧莉維亞是我的家庭教師。」法蘭西絲說。「她叫我核桃小姐，但我忘記為什麼。她的腿略瘸，相貌平凡，需要多看幾眼，而且就我看來，她的私生活，毫無樂趣。自從我會走路，她就是我的家庭教師，比我的親生母親更像母親。我非常愛她，你懂嗎？而且她也愛我。我們一直都很親密，但是隨著我長大，我們的關係開始改變。

「到了十一歲，我長得越來越標緻，別人也開始因為那樣對我做出奇怪的舉動。比方說，有些女人對我很壞。她們毫不害臊，她們希望我知道她們不喜歡我。男人，某方面來說是恭敬的，我會說那是性慾。那也沒有好處，雖然我並沒被騷擾。他們是在放眼未來，在某個東西上面插針，未來可以拔出。除此之外，我也開始察覺金錢的事。我是說，享用不盡在當時是什麼意思，而且不用擔心是多麼難得的事。簡單來說，我發現我的生命有無限可能。我有了這個念頭，於是開始影響身邊的大人：別人離開房間之後說些刻薄的評論，把食物退回廚房，那類的事。」

船長的眼睛依然閉上，但他還沒睡著。

法蘭西絲說，「就在我自命不凡到不行的時候，奧莉維亞離開我。我記得有段時間是溫和的教誡，接著動不動就發脾氣，後來乾脆迴避我。某天晚上，我正要洗澡。她幫我準備的洗澡水燙到我的腳，我想都沒想，轉身就對她發飆。她想把我煮熟嗎？她瞪大眼睛好一會兒，然後走向我。她的眼神非常奇怪，我想她是害怕自己的憤怒。」她戳戳船長的肋骨。「你知道她接下來做了什麼嗎？你要猜嗎？」

船長睜開眼睛，但是沒有說話。

「她舉起手，朝我的臉上用力甩下去，力道之大，我的頭幾乎要和肩膀分離！」

「是。」船長說。他再次閉上眼睛。「然後呢?」

「她離開,我進去洗澡,坐在太熱的水裡。我的雙頰刺痛,而且忍不住發抖。那天晚上我自己上床睡覺,隔天早上奧莉維亞很親切,彷彿昨晚我們只是有點小口角。過了一週,或一個月,她說,『核桃小姐,你不記得浴室裡的事了嗎?』

「『我記得。』

「『但你爲什麼沒有告訴任何人?』

「『我不知道,我就是不想。』」法蘭西絲啜飲香檳。船長低垂著頭,此時他睡著了。法蘭西絲盯著他良久。她從他樸素的臉上撥開一綹髮絲。「我從來沒有告發她。」她說。「那是只有我們兩人知道的事。而且我知道那很重要,即使是那個時候。那麼複雜的訊息,那麼簡潔的傳達。」

法蘭西絲穿上衣服。船長把他的外套掛在椅背,她注意到胸前口袋露出的紙條。那是張手寫紙條:Coda:樂曲或動作的結尾,通常是基本結構的附加。希望有幫助,船長!道格。

法蘭西絲笑了,摺起紙條,放回船長的口袋。有時她會發現她的人生之中,不是因爲儘管男人愚蠢她還是愛，她就是愛他們愚蠢。彬彬有禮永遠只是假扮，她深知這點，而且他們毫無意識自己一覽無遺。她勾起鞋子，沿著陰暗、鋪著地毯的走廊，赤腳回到她的房間。所有人都睡了，回房間的路上寂靜無聲，而且她感覺非常年輕愉悅。小法蘭克醒著，在床上等待。她進來時，他瞇起眼睛。「饒了我吧。」她說。「你拿不出證據。」她走到浴室沖澡。現在她吹著口哨，是好時巧克力的主題曲。

13

早上，馬爾康和法蘭西絲各自說起他們的海上奇遇。關於醫生和屍體的事，法蘭西絲沒有什麼回應，她比較好奇馬爾康和靈媒梅德琳的關係。

「你和她做愛了嗎？」

「唔，是啊。」

「你表現得好嗎？」

「不是很好。」

「你通常都還不錯嗎？」

「有時候不錯。我想問題是我不夠在乎。」

法蘭西絲說，「如果有什麼你做得好的，大概就是那件事情。」

馬爾康思考這句話。他問船長表現得好嗎？法蘭西絲說，「少沒教養了，朋友。」小法蘭克在背後綳著臉。法蘭西絲悄悄對馬爾康說，「我們要怎麼把他弄進法國？」自從他們上船，他們是三個人，不是兩個人的這件事情，讓她越來越焦慮，而且如果丟下小法蘭克，他們也會丟掉某些運氣。她決定先將他迷昏，再裝進包包偷渡進去。這個計畫看似簡單，但實際上很有可能變成災難。她有一瓶煩寧，但是她要怎麼餵貓吃下煩寧？要餵多少才會讓他昏睡但不要死掉？而且再過一個小時，船就會抵達加萊。左思右想之後，她磨碎五顆五毫克的煩寧，加入鮪魚沙拉，端到他的面前，然後最後一次走到甲板透氣。回來之後，她發現他斜躺在浴室地板，於是把他連同鈔票一起裝進包包。她很想把這件事情想成帥氣的祕密行動，但是小法蘭克在打呼，而且包包的重量形同做工，於是她很快就陷入自怨自艾。為了對抗這個情況，同時也是羨慕那隻貓的狀態，法蘭西絲也吃了五顆煩寧。

加萊的岸上布滿霧霾，厚重的空氣黏在皮膚上。他們排隊通關；靈媒梅德琳排在他們前面。她躲躲藏藏，不想被馬爾康看見。馬爾康注意到了，但不理會她的意圖。他擠上前，拍拍她的肩膀。她半轉過身。「哈囉。」

「這不是我們的籠中鳥嗎？」

「正是在下。」

「你欠社會的債都還了嗎？」

「是啊，多好笑。」她虛弱又蒼白，馬爾康問她是不是病了。「沒有，只是很窘。」她說。

馬爾康點頭。他看看四周，吸吸鼻子，然後說，「這裡的味道不同。」

梅德琳聞聞，然後聳肩。

「讓人神清氣爽！」馬爾康又說。

此時法蘭西絲來了，她的雙腳發抖，抓著她經過的每個人。「喔，你的小女巫朋友。」她說。「你好。」

「哈囉。」梅德琳說。「我希望你沒有丟下那隻貓？」

法蘭西絲打開包包，梅德琳偷看裡面。「他在午睡，等我們通過海關才會醒來。」法蘭西絲說。

梅德琳問，「那是眞的錢嗎？」

「當然。我不認爲有什麼比一大堆錢更令人欣慰。你不同意嗎？」

「我不會知道。」

「改天試試，然後告訴我，那樣能不能趕走你的煩憂。」

馬爾康發現法蘭西絲不太對勁。她對著自己嘀嘀咕咕；她在壓抑笑聲；她兩次踩到自己的腳趾。「你醉了嗎？」他小聲問。「沒……」她回答。他還沒查明她怎麼了，他們已經來到前排。梅德琳排在他們前面先通過了；海關示意馬爾康和法蘭西絲向前。他問他們來巴黎的目的，法蘭西絲單手靠在桌面，回答「捉住青春的尾巴」，然後眨眼。

「女士？」

「我們來度假。我想看看艾菲爾鐵塔，然後去死。」

「去死？」海關搖頭。「但是你沒那麼老，女士。」她說，「我有多老？西點軍校的學生，戴著白手套、梳著油頭、穿著毛呢燕尾服、口袋裝著純銀威士忌酒壺的那種，都要幫我別上胸花。我就是**那麼老**。」海關人員頓時不知所措。他問馬爾康。

「先生，她生病了嗎？」

「她沒有生病。」馬爾康說。

「她不會去死？」

「永遠不會。」

「她不能死在這裡。」海關警告馬爾康。

「她會死在別的地方。」馬爾康保證。

那個海關又看著法蘭西絲。「不要死在法國。」他在他們的護照上面蓋章放行。他們買了火車票。法蘭西絲挖出小法蘭克底下的現金，他還沒清醒。他們坐進頭等車廂，法蘭西絲睡覺的時候，馬爾康讀著關於哥倫布航行的文章：九月七日。星期五整天，他動也不動。

梅德琳過來，在他對面坐下。她正吃著餐車車廂的三明治，面無表情。馬爾康覺得她應該不打算說話，接著她點點頭，吞了一口，告訴他，「我不能不告訴她，就讓她回去跳康加舞。」

「說不定人們不想知道。」

「他們當然想知道。你不想嗎？」

「不想。」

「唔，我告訴她了，我不後悔。」

馬爾康問，「你怎麼知道的？」

「我從小就能看見那個接近。」

「但是怎麼看見？」

「終點的時候，有個顏色。」

「什麼顏色？」

「綠色。」

查票員來了，站在他們旁邊。馬爾康把他和他母親的票遞給他，那個人打了洞，接著用法文要求看梅德琳的票。

「他說什麼？」她問。

「他要看你的票。」馬爾康告訴她。

「我沒有票。」

「*Madame n'a pas de billet, monsieur*，」馬爾康說。

查票員問馬爾康，這位年輕女士要買頭等車廂的票，還是二等車廂，如果是後者，她就需要換車廂。馬爾康幫梅德琳翻譯，梅德琳說，「兩個我都不想買。他可以踢我下車。我有五百美元，但是我在巴黎要用的。」

查票員手中拿著信用卡機，臉上的表情愉悅期盼。馬爾康解釋梅德琳的話，查票員慢慢放下信用卡機，一臉受傷。他說，這位年輕女士讓他十分爲難。馬爾康表示同情，但說她本身的處境也很爲難，而且那種東西會擴散。查票員並不否認這點，但他不滿梅德琳破壞他所謂工作優雅的平衡。他不會踢她下車，但他相信如果她願意努力，就可以好好見人。他走下走道離開。

「他說什麼？」梅德琳問。

「他對你不太高興，但他不會踢你下車。」

梅德琳吃完她的三明治，把垃圾捏成一團，丟在腳邊的地板。她站起來指著法蘭西絲的包包。「你大可幫我買一張票，你知道的。」馬爾康告訴她實話，就是他壓根兒沒想到。梅德琳轉身要走。

「你要去哪裡？」

「我眞的不知道，馬爾康。」她說完就走了。

法蘭西絲在火車抵達巴黎北站前幾分鐘醒來。她睡眼惺忪地笑。「我從來不想度過一生。」她說。「我想度過三生。」小法蘭克在他的包包裡頭磨蹭。此時是巴黎的夜晚，十二月中，這座城市充滿聖誕節的韻味，人潮朝著四面八方奔湧。

PARIS

巴黎

14

瓊恩的公寓位在聖路易島的最東端，在五樓。兩個房間由一條細長的走廊相連，中間是樸素的廚房、浴室、客廳。作爲生活空間可以使用，但是完全稱不上氣派；而且他們從前擁有的豪華公寓只在短短步行路程以內，法蘭西絲光是看到就悲傷。「公寓有個『公』字。」馬爾康說，但是他的母親無法振作。那天晚上她或馬爾康都睡不著，天未亮就起床。沒有東西可吃，沒有咖啡或茶；他們著裝出門，心中沒有目的地。

這次他們來到巴黎，和過去幾次不同；他們現在人在那裡，因爲他們情非得已，而且不知怎的，這裡注定成爲他們的家。他們默不出聲，孤獨寂寞，但誰也想不到交談的話題。店員忙著拉起鐵門，沖洗人行道；法蘭西絲覺得冷，提議去教堂。晴朗的冬天視野應該不錯，馬爾康提議去聖心堂。

「聖心堂是賭場。」法蘭西絲說。

「聖母院呢？」

「跟一大群白痴一起排隊嗎？」

「聖敘爾比斯？」

「喔，好吧。」

事實上，比起巴黎所有其他教堂，法蘭西絲比較想去聖敘爾比斯，她提議的時候心中想的就是這間教堂。但她不好意思喜歡大家都喜歡的東西。她心想，還好馬爾康假裝順從。他們越過聖路易島，沿著聖日耳曼大道直上。這座城市正在甦醒，交通逐漸繁忙；過馬路的時候，法蘭西絲拉著馬爾康的手。

聖敘爾比斯陰暗雄偉，空氣濃密溫暖。他們在入口自然地分開，馬爾康逆時鐘走，法蘭西絲順時鐘走。她停下來欣賞每個禮拜堂，在寫著 *Chapelles des Ames-du-Purgatoire*[2] 的箱子投入鈔票。她點燃一根蠟燭，直立在聖臺，凝視著火焰，思考她和教堂神祕的關係。

2 煉獄靈魂禮拜堂。

她從小到大都沒有宗教信仰；事實上她第一次踏進教堂是她母親的喪禮。她當時十五歲，而且高高在上看著折磨她的人的屍體，她有一種強大的感覺。抬頭看著基督偉大的胸廓時，她在內心告訴祂，「我很高興她死了。謝謝祢殺了她。」她不期待答案，也不需要對話，但是離開教堂後，她感覺如釋重負。幾年來，她發現偶而上教堂，分享她較陰暗的思想，其實頗有益處。

在法蘭克林的喪禮上，她感覺自己無法穿透，不是說她堅硬剛強，而是說她恢復迅速、沒有空隙——含鉛的棍棒。她被明確拒於門外，於是戴著面紗，跟著人群偷溜進去。她站在棺材旁邊——棺材當然是蓋上——掀開面紗，瞬間教堂裡的所有人都轉過來看，爲她厚顏無恥的行爲瞠目結舌。卡爾森．瓦勒斯從人群之中出現，他是法蘭克林公司裡的第二把交椅。他走向法蘭西絲，伸出雙手，不是和她打招呼，而是要她離開，必要的話動手。他抓住她的手臂，拉著她往出口，把她留在教堂前的階梯，然後回去喪禮。他看著法蘭西絲，彷彿她是暴力成癮者。她走的時候，管風琴的樂聲忽然響起。她把面紗丟進垃圾桶，跟隨秋天單薄的太陽走進公園。

聖敘爾比斯教堂的座椅是橡木的椅背和藤編的椅墊，椅腳有長棍相連。法蘭西絲坐下，她的椅子嘎吱作響，發出宏亮尖銳的聲音。她脫掉手套，雙手交疊放在腿上。她面向上方，說出內心深處的計畫，分成兩個部分。那幾個字說出來後令人放鬆，但也令人驚嚇；計畫忽然變得具體，有種開始倒數計時的感覺。她的雙手顫抖，她等待顫抖過去，才站起來尋找馬爾康。

她發現他站在教堂遠端，望著空無，並且思考空無。馬爾康比他母親更沒理由上教堂。他並不認眞看待上帝，但是不能否認，當他坐在教堂的座椅上，他有種得福的感受。他將此歸因於教堂的美感，他覺得不衝突。

「你想狂歡一番嗎?」法蘭西絲問。計畫其中一部分是花掉他們的每一分錢。

「我什麼都不需要。」

「你需要一件大衣，我需要一件洋裝。」

馬爾康想起她眾多的行李，問她，「你要洋裝做什麼?」

「一場不平凡的約會。你要狂歡還是不要?」

他們一起離開聖敘爾比斯教堂，搭著計程車到拉法葉百貨。購物對法蘭西絲而言是有益健康的運動，她總是堅定、勤奮地從事購物。馬爾康不討厭購物，但他的虛榮心極爲貧乏，衣服對他而言吸引力極少。法蘭西絲逼他試了幾件外套，幫他買了Burberry的千鳥格紋風衣。她自己則買了香奈兒深紅色的生絲晚禮服。馬爾康直接穿上風衣；法蘭西絲把她的洋裝捲起來，像根香菸，塞進包包。

他們站在拉法葉百貨外的人行道上呼吸廢氣，看著人潮洶湧來去。旅行的疲勞開始發作，法蘭西絲想回公寓，但馬爾康建議他們保持清醒直到晚上，這樣才能調整時差。他們兩人都不餓，但還是走進一家普通的餐酒館，提早吃晚餐。侍者打從看到馬爾康和法蘭西絲就不喜歡他們，而且毫不打算隱藏，不僅拒絕和他們講法文，還將他們帶到男廁旁邊的座位。馬爾康和法蘭西絲覺得很好玩——傳說中無禮的法國侍者正活生生站在這裡——等了半個鐘頭酒才送來，而且男廁的味道難聞，加上他們越來越疲勞，情況開始越來越令人生厭。他們兩人都有種默默接受命運考驗的感覺，他們決定齊心忍受這個情況。他們喝完變質的酒，又點了第二瓶。食物來了，是冷的，而且難吃，他們吃了。

現在考驗來了——付帳。那個侍者不太高興，因爲法蘭西絲和馬爾康不把他的無禮當作一回事，於是他決定要讓他們等得比任何客人都久。馬爾康前後招手三次，但是那個閒閒無事站在吧檯的侍者只是揮手回應。馬爾康直接走去要帳單。那個侍者點點頭說，「很快，老兄，」接著到外面表演抽菸，不是一根，而是兩根。他們看著他，他看著他們，同時吐出團團煙霧。

法蘭西絲覺得受夠了。她從包包拿出一瓶香水，對著桌子中央的花束噴。那個侍者從人行道上看著，不知道她在耍什麼把戲。馬爾康知道，崇拜地看著他母親從外套口袋拿出打火機。**鏗！**她將火焰靠近花束，花束燒成一團火球。這時餐廳已經坐滿，附近的顧客紛紛離開桌子，餐具「噹啷」掉到地上，火焰的光芒在他們眼中跳躍。那個侍者衝過來，啞口無言站在火焰面前，不可置信。「*L'addition s'il vous plait*。」[3]法蘭西絲告訴他。馬爾康滿臉笑容坐著。那個侍者跑去找滅火器。

3「請給我帳單。」

15

他們抵達一週之後，法蘭西絲進去馬爾康的房間，放了兩千歐元在他的枕頭上。「逛逛的時候用。」她說。

來了一封信，是晚宴的邀請函，時間就是當天晚上。他們不認識邀請人，是某個瑞諾太太；卡片最後寫著**請務必參加!!您會交到許多朋友!!!**

「你覺得呢？」法蘭西絲問馬爾康。

「太多驚嘆號。」

「但是你覺得我們應該去嗎？」

「太晚通知。但是當然，如果你有興趣，我也會去。」

法蘭西絲花了下午的時間準備。年輕的時候，她認爲她的美貌可以化爲武器，可以讓人疼痛，現在這種感覺又回來了。過去二十年，她在紐約極多的邀約，都是基於身為可怕的法蘭克林．普萊斯的遺孀，她擁有某種恐怖的社會價值；她感覺這是這封邀請函的原因；而且她想要魅力四射登場，嚇死開門的人。仇恨起了振奮的作用，而她準備得很高興。

宴會地點在孚日廣場附近，他們傍晚出門，走路過去，小法蘭克帶路。馬爾康想起他的父母曾經兩人一起來過巴黎，他問起這件事。「當然，我還是年輕女孩的時候就常來了。」她指著貓，繼續說，「若非我堅持要來，他從沒來過。其實我們在這裡度蜜月。」

「我無法想像你們兩人度蜜月。」

法蘭西絲聳肩。「就是些正常的東西。酒店、鮮花、香檳。其實他是個有趣的人，很難想像，但起初他真的是。我們去了盧森堡花園，我注意到他在看拿著長槳划船的小孩。我幫他租了船，他也拿著他的槳跟在後面，臉上的表情高興的、笨笨的。我們當時二十五歲。後來他沒興趣了，船也漂走了；我們開始餵鯉魚吃我正在吃的熱狗。牠們瘋狂搶食，那些暴肥的魚，一條一條疊在彼此上面，就為了熱狗！我笑了，笑翻。我再也沒像那樣笑過，而且當時也很少那樣笑。我想你父親被我嚇到。於是……他離開，帶著六條熱狗回來。」她看著馬爾康。

「他買那些熱狗，因爲他想讓我再笑一次。你懂嗎？」

「懂。」

「這麼渺小的舉動，」她說，「和我後來認識的人卻是天差地遠。一個園丁過來，請我們**不要**餵鯉魚熱狗。你父親的反應是把熱狗和竹籤都丟進水池。我們離開花園的時候，那個園丁和租船的人都在我們背後大罵，但我們當作聽不見。我們的目標一致。我記得我們在計劃晚餐。」

馬爾康聽了這個故事之後，整個人肅穆起來。法蘭西絲瞇起眼睛看她兒子。

「**你呢？**你記得他什麼事情？」

馬爾康記得的不多，但是想起兩件事情。第一件事情是八歲的時候，聖誕節放假回家，去中央公園動物園。一開始的時候還算順利；他們沒有一起做什麼了不起的事，相聚已經很難得，是個平凡的經驗，但很實在。他們走過一個又一個籠子，什麼也沒說。那個時候的馬爾康很想瞭解他的父親，而且他在想，這是不是他們互相瞭解的開始。接著大猩猩出現。

他們走進猴子之家時，大猩猩正在牠們的人造叢林裡頭發懶，氣氛和諧。但是法蘭克林一站到玻璃面前，牠們彷彿受到刺激，激動起來。很快牠們就在籠子裡頭吼叫繞圈，每隻都加入集體的怒火。法蘭克林看著大猩猩的心情轉變，覺得既好玩又疑惑，但是當他漸漸發現他是牠們敵意的對象，他的表情變得嚴肅。此時最大的大猩猩走到他的面前，一邊尖叫，一邊大聲拍打玻璃。牠蹲下，大便在手上，並把牠的穢物抹在法蘭克林臉的高度。法蘭克林拽住馬爾康的手腕，拉著他到售票亭抗議。售票亭的女人很怕法蘭克林；他的怒氣逼人，他的抱怨像偏執狂怒吼。「先生，您是在說，大猩猩不喜歡您？」她向他保證不是針對個人，但顯然就是——其實就是。法蘭克林被他的遠親挑出來，當作不宜納入群體的對象，他有種被部落排擠、刺骨的感覺。他拿回他的錢，得到鬱悶的勝利。馬爾康察覺他的父親把這件事情怪在他身上。過了好多年他才會再次和他獨處。

馬爾康第二個關於父親的記憶，是他帶他去大都會俱樂部，參加一個父子的活動。其他小孩似乎都比馬爾康能幹多了。他們都是小大人，懂得幽默的價值，知道社交是種非常重要的遊戲，他們都已選好學校和主修。他們的父親既驕傲又慈祥，陪在他們身邊，但是他自己的父親跑到某個神祕的房間，留他一人和一個愛睏的酒保聊天，酒保名叫山姆。馬爾康連續喝了四杯櫻桃可樂，然後吐在大廳的地毯上。他的父親被找來，他看到嘔吐物，拿出一百美元塞進山姆手裡。「把他清乾淨，送他上計程車。他知道地址。」法蘭克林離開房間，雪茄的煙還在他的肩膀上方縈繞。山姆看著手裡的百元大鈔，然後看看馬爾康。馬爾康胸口的膽汁逐漸冷卻，正滲進四角內褲的褲頭。「來吧，孩子。」他說。

馬爾康講這些故事的時候，法蘭西絲並沒有非常專心在聽。她在研究派對的邀請函，指著他們面前的建築物說，「就是這棟。」小法蘭克已經不在他們身邊，跑去追一隻下水道的肥老鼠了。

16

門鈴按下，大門開了，是瑞諾太太。法蘭西絲準備面對滿屋子盛裝打扮的法國名媛。今晚應該是個罵人不帶髒字、殺人不見血的夜晚，她等不及要開始；但是眼前的女人穿著寬鬆的長褲和毛衣，面帶微笑，嘴裡說著美國腔的英語。「喔，嘿，你來了！」她請他們進去公寓，接過他們的外套，帶他們走到用餐的房間。桌上只有三副餐具。法蘭西絲心中一驚。

「我們沒有早到？」她說。

「沒有，你們準時。」

「其他人呢？」

「沒有其他人，只有我們。」瑞諾太太說。「兩位要來杯馬丁尼嗎？我整天都在等著喝一杯。」

「我要馬丁尼。」馬爾康說。

「法蘭西絲?」瑞諾太太說。

法蘭西絲點頭，於是瑞諾太太離開去準備飲料。法蘭西絲轉向馬爾康。「這他媽的是什麼情況?」她想知道，馬爾康聳肩。他坐下等待他的飲料，同時法蘭西絲繞著餐廳，檢視家具和藝術品，希望看出什麼不足。瑞諾太太的品味還算可以，法蘭西絲看不出什麼可以利用的缺點，於是在馬爾康旁邊的座位坐下。瑞諾太太端著托盤上的馬丁尼回來。他們三人喝著馬丁尼，瑞諾太太發出讚賞的聲音，但法蘭西絲只是盯著。瑞諾太太說，「你們能來，我眞高興，」法蘭西絲沒有回答。這般沉默並不友善，瑞諾太太想要利用自我介紹化解。「我二十幾歲的時候嫁給法國人。」她解釋。「我在美國沒有什麼牽掛，所以他想回巴黎的時候，我就答應了。他今年夏天死了。後來我發現，我們的朋友其實是他的朋友，而且不只是我不喜歡他們，他們也不喜歡我。喪禮之後就再也沒見過任何一個。我也不怎麼想念他們，但我想念他們製造的聲音。這就是我邀請你們的原因，因爲我很孤單。」

法蘭西絲覺得沉重，甚至因爲她的坦白感到反感。「你丈夫怎麼死的?」

她問。

「他噎死的。」

「第一次聽說。」

「那是非常難堪的事情。」

法蘭西絲嗤之以鼻，接著啜飲一口馬丁尼。瑞諾太太看著她。「請別對我太殘忍。」她說。「鼓起勇氣邀請你們過來很難。」

法蘭西絲說，「我想我並不理解我們爲何在這裡，僅僅如此。」

「我只是想要見見你們。當然，我知道你們是誰。我在紐約市長大，而且我們同年，差不多。我們，我和我的朋友，都覺得你很完美。」

「原來如此。」

「非常完美。所以，我想也許我們可以交個朋友。」

「謝謝你的好意。但事實是，此時我的人生並不需要朋友。」

「每個人都需要朋友。」瑞諾太太說。

「不，其實不是。」

「唔……」瑞諾太太說。「你這麼感覺，我很遺憾。不過既然你在這裡，而我做了砂鍋燉菜，我想我們不要浪費。你們認爲呢？馬爾康？我們就來吃飯，如何？」

馬爾康說，「是。」

「好。」瑞諾太太說。「葡萄酒之前要再來杯馬丁尼嗎？」

「好的，麻煩你。」馬爾康說。

瑞諾太太再次離開。馬爾康對法蘭西絲說，「你很沒禮貌。」

「很可惡，對吧？」法蘭西絲的雙手握拳。「抱歉，我會停止。」

瑞諾太太回來後，法蘭西絲謝謝她送來飲料。她坐直，五官變得溫和，而且開始八卦。

「所以，瑞諾太太，你每天都在做什麼？」

「喔，眞是個好問題。」瑞諾太太說。「我丈夫死後，我變成類似觀光客那種人。博物館、歌劇、芭蕾。」

「他不喜歡這些事情嗎？」

「不喜歡，我以前也是，其實我現在也不喜歡，但是我不知道要做什麼消磨時間。」她轉向法蘭西絲。「你知道嗎？他就死在那張椅子上。」

法蘭西絲突然意識到椅子的角度。這件事情眞是刺激，她很高興得知。

「他噎到什麼？」她問。

「喔，羊肉。」

「你後來還吃羊肉嗎？」

「不吃，但是，我本來就不喜歡羊肉。」

「我也不喜歡。那種有臊味的肉不知爲何總會喚起那個動物存在的事實，接著讓我想到牠的死亡。」

「我以前從來不會想到。」

「牛排就只是牛排。」

「對，沒錯。」

「冒昧請問，準備那道羊肉的人是你嗎？」

「不，是我們的廚師。」

「太好了。」

「是的。」

「如果是你做的就太糟了。」

「對，對。」

兩個女人喝著喝著都放鬆了。瑞諾太太問，「你呢？據我所知你剛抵達。你都忙些什麼？你好嗎？」

「我很好，謝謝。」

「你今天做了什麼？」

「沒什麼。昨天我讓電話線起死回生。」

「之前壞掉了嗎？」

「對，所以我讓它起死回生，而且我多拉了一條線。」

「喔？爲什麼？」

「馬爾康和我都喜歡在自己的床上講電話。」

「那樣不好嗎？」

「我覺得很好，雖然恐怕有點悲傷，或者單純只是奇怪？但你應該看看來施工的人。他聽到第二條線的事非常不高興。」

「不高興？」

「他說那樣毫無意義。我抗議的時候，他說我得打電話給他的主管。我問他，沒有電話怎麼打，他說那不是他要解決的問題。我強調那絕對是他要解決的問題，雖然當下他似乎不懂我的意思。我想，他不是法國巴黎最聰明的電話師傅。」

「喔，老天。」

「他總算拉了一條線，然後我要他等我打電話給他的主管，要求再拉一條線。那個主管問我爲什麼想這麼做，我說每天晚上某個時候，睡覺之前，我會感到 *d' humeur orageux*。」

瑞諾太太露出不解的表情。「你感到下雨？」她問。

「暴風雨。我告訴他，當我感到 *d' humeur orageux*，如果我能聽到馬爾康的聲音，就會得到安慰，對我有益。在此之前都不是非常友善的那個男人，這時突然軟化，他說他懂我的意思，然後請我把電話交給師傅。那個師傅被訓了一頓，最後還是拉了一條線，但他惱羞成怒，還鬧起脾氣，非常難看。我端茶給他，被他拒絕。你眞該看看他要我塡的文件，簡直厚得像本辭典。」

「法國人眞的很愛他們的繁文縟節，對吧？」

「如果可以的話，他們巴不得放在盤子裡頭吃掉。」

「他們會，他們眞的會。」

馬爾康覺得對話無聊，藉故離席，看看有什麼可以偷的。什麼也找不到，於是他走到廚房補充他的伏特加。他在冷凍櫃裡找到伏特加，旁邊是一根粗壯、肉色、結霜的假陰莖。他盯著那根假陰莖好一會兒，然後倒了一杯伏特加，回到餐廳。不久之後瑞諾太太去了廁所，馬爾康壓低音量告訴法蘭西絲，「去冷凍櫃看看。」

「爲什麼？」

「去看看。」

她眞的去了，四十五秒後回來，一臉恍惚。「我永遠搞不懂那些東西。」她說。

「有什麼好懂？」

「那是自己一人用，還是需要別人幫你？」

「都可。」

她輕拍自己的臉頰。「但是爲什麼想要冰的？」

「這就是神祕的地方。」

法蘭西絲顫抖，於是抱住自己。瑞諾太太回來，步伐小心翼翼。伏特加對她發揮作用，她想保持穩定，但有點困難。「我想我有點醉了。」她說。「馬爾康，能夠請你去盛砂鍋燉菜嗎？」

「沒問題。」

「如果我去，應該會燙到自己。都在廚房，準備好了。」

馬爾康很興奮。瑞諾太太喝了一大口馬丁尼。「現在變得像水一樣，是吧？」

「比水還好。」法蘭西絲說。

瑞諾太太聽了那句話，覺得好笑。她覺得非常開心，因爲原本可能是災難的夜晚，卻自行修復了。她用手指扣住她的酒杯，然後塞進她的嘴巴，並問，「你眞的失去一切嗎？」

「是。」法蘭西絲說。

「那你有什麼計畫，請容我這麼問？」

「我上週剛想好計畫，但我覺得我不該說。剛想好的計畫，你知道的。」

「你想給它們一點時間成形？」

「是。」

「千萬不可提前出爐。」

「沒錯。」

「我完全瞭解。你知道嗎？我不覺得有什麼比剛想好的計畫更能提振精神。」

「是的，我同意。我想好計畫之後感覺好多了。」

「那不是很好嗎？喔，但我希望你能給我一點提示。」

「抱歉。我無法。」

「我相信到時一定非常時髦，依我對你的瞭解。」她瞪大眼睛。「其實，我自己也需要擬些計畫。也許我會乾脆抄襲你的，無論你的計畫什麼時候曝光。」

「你學不來。」

「我一定會做得很差。」瑞諾太太靜止不動，然後開心起來。「我可以告訴你一件事嗎，跟你有關的事？」

「好吧。」

瑞諾太太說，「應該是二十年前，你丈夫死後幾個月。我和一群人在色琦餐廳吃飯，同桌有個男人和你丈夫有過生意往來，但很不喜歡他。在你進來的時候，他正好在說他壞話。你看起來非常俐落，我忍不住盯著你。我們全都盯著你看。你經過我們的時候，那個男人攔住你，還說『普萊斯太太，我跟你丈夫很熟。我最多只能忍著不要在他的墳上跳舞』。你記得嗎？」

「不，我不記得。我對他說了什麼？」

「那就是重點。你什麼也沒說，你喝了他的酒。」

法蘭西絲點頭。現在她想起來了，隱隱約約。

「沒稀釋的威士忌，」瑞諾太太說，「你一口喝掉，極冷漠地看著他。你是我見過最美麗的女人，而那個可憐的蠢蛋完全不知道該怎麼辦。」

兩個女人都在微笑。法蘭西絲說，「我剛才不是很有禮貌，我很抱歉。我的人生已經徹底崩潰，我爲此非常沮喪。」

「我完全知道你的意思。」

「是啊，也許你知道，到頭來……喔，你看，馬爾康端著我們的晚餐來了。」

「食物！」瑞諾太太大叫。

17

馬爾康的臥室窗戶面對一座小小的公園。那座公園平凡無奇：尋常數量的長椅、一座爬格子、頗爲茂密的樹木、邊界的灌木。一批一批居無定所的外來移民特別喜歡這些；他們在公園安頓，以此作爲外出活動的基地。馬爾康發現，看著那個地方，就像看著電視。主題多采多姿，有道德教訓、誇張的戲劇、偶而的喜劇、必定的衝突。馬爾康一直樂於當個無聲的觀察家，現在他把很大部分清醒的時間用來做這件事。

清晨的時候上班族出現，外表幹練的男女各個表情嚴肅穿越公園。到了九點，混在一起的外來移民睡醒；到了十點，他們已經離開公園，流向巴黎的街道，滿足他們當天的人類需求。十一點後，公園會充滿小孩和他們的保母。保母多是非裔女人，她們成群坐著笑鬧、吵架，小孩則在爬格子裡鑽來鑽去。到了一點，保母和小孩就會換成職員、祕書、店員，他們在那裡吃午餐、讀書、抽菸。這群人尤其不社交；他們只把這段時間保留給自己，珍惜他們的孤獨、他們的香菸、美妙的故事。下午保母和小孩會再回來，這時的小孩更吵鬧野蠻，保母則更冷靜，累積一天的疲勞導致他們更呆滯，也較不開心。那些清晨穿越公園的人，到了傍晚又會從反方向穿越。隨著白天結束，天空逐漸陰暗，外來移民開始涓滴回流。在晚上，公園是他們的。

日復一日，馬爾康發現，這些例行事務、這樣的時間表，幾乎很少變化，但是嚴謹的結構之下，也會生出小小的故事。

某天傍晚，馬爾康看著一個穿著黑色西裝的年輕女人走進公園，獨自坐在長椅上，很快就有個年紀相仿的商務男士過來坐在她身邊。短暫交談後，他們開始接吻而且撫摸，熱情的程度，即使在巴黎，馬爾康也覺得不得體，例如，某些時候那個男人會將整隻手伸進女人的上衣。他們持續大約三十分鐘，然後站起來互相道別，從不同出口離開公園。同樣的事情隔天又上演，再隔一天也是，持續進行，於是他們的出現與活動，成爲馬爾康固定的風景。他們來的時間固定，分別抵達和離開，於是馬爾康推敲，這對男女正在進行婚外情。

某天他們在約定的時間抵達，並且坐在約定的長椅，但是此時他們的熱情被漫長而且看似不歡的對話取代。那個男人做出指責、激動的手勢；那個女人開始哭泣。那個男人離開；那個女人留下，手中夾著一根燃燒的香菸，但是從沒舉到嘴邊。隔天她來，獨自一人坐在長椅。又隔一天，那個男人獨自過來。再隔一天，長椅空了。

馬爾康一開始覺得這個景象有趣，最終卻因爲熟悉的結局感到鬱悶。他寧願追蹤外來移民的活動，比較多變，也比較難以定義和理解。

他們全都是男人，深色的頭髮，橄欖色的皮膚，而且馬爾康在公園路過他們的時候，他們說著他不熟悉的語言。他們喝便宜的酒，捲自己的菸，天冷的時候四處升起小堆的營火，公園因此染上節慶的氣氛；但是到了午夜，警察會來踩熄他們的營火，餘燼便會呈現傾斜的鋸齒狀，在整個公園飄移。一旦警察離開，被趕走的移民又會回來，凌晨時分似乎什麼都可能發生。

馬爾康有時看他們打架，但是其他時候，那些男人也會對著收音機的音樂，或者對著即興彈奏的民謠吉他跳舞。成人之後，馬爾康幾乎沒有想過擁有男人的友情是什麼感覺，他也從不渴望獲得。但是目睹這樣的同袍情誼，他的內心升起一種遙遠的嫉妒，令他難堪，於是他將之推開。

早上九點醒來，對他來說是正常。他起床站在窗前。外來移民各自迎接一天的到來，但是尚不見保母和尖叫小孩的蹤影。五隻鴿子在公園邊緣的樹枝擠成一團。馬爾康原本只是看看，此時他發現四隻鴿子正在遠離第五隻。牠們四隻拖著腳，慢慢往旁邊走，但是第五隻留在原地，蹲坐著發抖。過了一會兒，牠顫抖一下，然後靜止不動，接著向前傾斜，嘴巴朝下，從三十呎或更高的樹枝墜落，直接掉在一個正在睡覺的外來移民肚子上。那個男人跳了起來，抱著肚子，他盯著那隻死掉的鳥，滿臉疑惑。這是什麼可怕的預兆？大自然想要告訴他什麼不幸的消息？他環顧四周，迫切尋找目擊者，某個可以解釋這件事情的人，但是沒有。於是那個男人抓起他的毛毯，急忙離開公園，而那隻小鳥僵硬地躺在草地。

此時，電話響起，馬爾康拿起話筒就問，「奇蹟的相反是什麼？」

法蘭西絲從床上坐直。「幾個字？」

18

喝咖啡的時候他們發現今天是平安夜，於是他們分開行動，出門爲對方買禮物。馬爾康買了一箱法蘭西絲特別喜歡的法國葡萄酒，他也買了一棵小小的盆栽聖誕樹和一串燈泡。他裝飾聖誕樹，並把樹放在早餐的邊桌；他打開一瓶剛買的酒，等待法蘭西絲回來。不久之後她就推著一臺腳踏車進入公寓，腳踏車的手把綁著一個蝴蝶結。她從一樓把腳踏車推了上來，所以氣喘吁吁。「過來把車牽走，天哪，我快死了。」

此時是傍晚。他們喝了一瓶酒，接著又喝了第二瓶，而法蘭西絲不斷叨唸馬爾康對腳踏車不感興趣的事。馬爾康已經二十年沒有騎過腳踏車，而且乍看之下他確實不太在乎收到這個禮物。法蘭西絲執意要馬爾康當晚就騎，但馬爾康不想暴露在寒冷的天氣之中。最後依舊要感謝那些酒，他決定在公寓裡，也該在公寓裡騎腳踏車。他們把家具推到一邊，開出一條小路，嘗試兩次之後，他騎出去。

他的路線是在他的房間轉彎，然後直下走廊，穿過客廳，到法蘭西絲的房間，接著轉彎，再騎回來。這項活動起初需要他全神貫注，但是過了一會兒，他比較習慣，而且熟悉路線後，就能夠放鬆了。馬爾康踩著腳踏車的時候，時間也一分一秒過去。法蘭西絲爬上她的床，只是她的床現在被推到房間中央，而馬爾康繞著她騎。

「騎起來很順。」

「撥一下鈴鐺。」

他撥了鈴鐺，然後騎到走廊，接著又回來繞他母親一圈。法蘭西絲沒有說話。小法蘭克坐在她的床角，她對著他微笑。

「在想什麼？」馬爾康問。

「喔，」法蘭西絲說。「我剛在想他買給我的帆船。」

「他買過帆船給你？」

「對啊，某年聖誕節。」

「你什麼時候對帆船有興趣了？」

「我對帆船從來不感興趣。所以那份禮物非常奇怪。」

「你不想要？」

「不。不想。」她用腳輕推小法蘭克。小法蘭克趴下，閉上眼睛。馬爾康無聲轉了一圈，差點撞上床頭櫃。

「要怎麼收到帆船？」他問。

「他蒙住我的眼睛，帶我到遊艇港。蒙眼布拿下來後，他指著一艘大船，跟我說那是我的。船的名字是『陽光普照』，而且那是一艘非常漂亮的帆船，內裝是柚木，甲板上有按摩浴缸，大概需要六個成人才推得動。」她搖頭。「當時他在南漢普頓有辦公室，心想我們可以好好利用通勤的時間。我們的關係剛開始要崩潰，我想他以為一艘船能讓我們復合。」

「他努力了，那樣很好。」

「不是不好。但你知道他怎樣更好嗎？就是他別買帆船給我，而且停止跟每個視線內的陌生女人搞在一起。」

馬爾康繞了床鋪兩圈，然後騎出房間。法蘭西絲聽到「鏘啷！」的碰撞聲，是馬爾康從腳踏車跳上床的聲音。他沒有吃晚餐，所以很快就醉了，幾乎馬上睡著；但是法蘭西絲無法休息，她走到廚房角落，抽菸，喝開水，感受她的孤單，思考著。小法蘭克已經爬上桌子，蜷縮在聖誕樹底下。法蘭西絲看著聖誕樹的燈泡，想起她的童年。平安夜的時候她的父親穿著浴袍，抱她上樓。他的身上有香菸、酒、鬍後水的味道，她當下就深深愛上這些香味的綜合，而且深愛一輩子。法蘭克林和她認識的時候，身上正是散發著同樣無法抗拒的三種味道，只是後來酒的味道變酸，香菸的味道變苦。

法蘭西絲盯著樹。她瞇起雙眼，而聖誕樹的燈泡變成一枝一枝伸出的矛，傾斜射出。她緊盯眼中那些彩色的線條，眼睛閉得更緊，此時燈光的線條瓦解，化成沒有形狀的顏料汙痕，什麼都不像，一點也不浪漫。

19

馬爾康開始覺得法蘭西絲可怕。她的臉上有種鬼鬼祟祟的表情，他說不出來，但覺得是種警告。馬爾康不想被人警告，他只想避開她的眼神。聖誕節後，每天的天氣都是晴朗寒冷，早餐之後他會騎著腳踏車出門繞繞。馬爾康不在的時候，法蘭西絲會想念他，但她不抱怨，因為他人生新的篇章——腳踏車遊巴黎——是她肇始的，而且幫他實現也帶給她付錢的成就感。

起初馬爾康覺得騎腳踏車繞巴黎很難，真的是非常恐怖的活動。雖然不像別人口中汽車駕駛想撞單車騎士，但是也不能說他們不怕相撞。馬爾康花了幾天才敢放心騎在大馬路上。他的勇氣逐漸增加，很快他就發現自己騎在交通混亂稠密的巴士底。當汽車和機車成群行進，對他猛按喇叭，他已經能用左手保護自己。雖然計程車司機會扯開嗓門對他大罵，然而，最後他們都會讓路給他，而非撞倒他。做到這樣靠的是信念，相信每輛狂飆的車快撞死他之前，都會緊急煞車。

某天早上他決定去肖蒙山丘。他騎車穿過巴士底，在西蒙玻利瓦大道用盡力氣，於是牽著腳踏車走進公園。那裡人煙稀少，氣氛詭異，霧氣籠罩樹木和矮叢。馬爾康向小販買了冰淇淋，這個小販似乎也訝異自己在寒冷的清早就決定賣冰淇淋。馬爾康打算爬上神殿暖暖身體，神殿在公園小湖中央極為陡峭的島上。他把腳踏車鎖在樹上，開始爬坡。

爬到高峰的時候，霧氣已經因熱散去，而馬爾康站在神殿的圓頂底下看著逐漸清晰的巴黎。他曾經和蘇珊站在同一個地方。想起這件事情，一個月以來幾乎沒想起她的馬爾康，忽然很想念她。他決定要打電話，問她過得如何。他從神殿下來，沿著運河前進。他跟巴黎東站對面的菸販買了電話卡，在河邊尋找電話亭。他撥了她的號碼，然後等待。她的嗓門未開，「哈囉？」

「小珊？」

「你在做什麼？」

「我在打電話。我在打電話給你。」

「現在是早上五點半。」

「啊。」馬爾康彈了手指。「對。我很抱歉。」

蘇珊沒有說話。

「我剛剛騎腳踏車出來。」馬爾康說。

「什麼腳踏車？」

「法蘭西絲，她買給我的聖誕禮物。」

「眞是悲哀。你在哪裡？」

「運河旁邊。想知道我正看著什麼嗎？」

「不是很想。好吧。」

「我的正前方有一整船尷尬的德國觀光客，等著運河排水。河對面有兩個小孩在玩乒乓球。你記得運河旁邊水泥做的乒乓球桌嗎？」

「記得。」

「他們一定是直接倒進模具裡。」他停頓。「我打電話是因爲想聽你的聲音。」他解釋。

「這就是了。」她說。「這就是我的聲音。」

但是現在出現另一個聲音，一個男人的聲音，在背景。「你在跟誰講話？」

那個聲音問。

「是馬爾康。」蘇珊說。

「你在跟誰講話？」馬爾康也問。

「他叫湯姆。」

兩個男人開始詢問蘇珊不快樂、重複的問題。

「等等。」她對他們兩人說。「等一下。」她先跟湯姆說話。湯姆因爲馬爾康來電的事情不悅，甚至說他要走了。蘇珊要他留下，但湯姆說他不要。蘇珊道歉；他們說好午餐討論這件事情。「祝你好運。」她大喊。一陣安靜後，蘇珊打開話筒。「好了，他走了。」

馬爾康想不到要說什麼；他非常震驚，而且知道蘇珊和別的男人在一起，覺得非常受傷。他感覺喉頭極度沉重，意味可能落淚。

「聽好，」蘇珊說，「你沒有資格對這件事情發表意見，懂嗎？你也沒有立場讓我因此過意不去，所以你休想，知道嗎？」

馬爾康點頭，但是沒有回話。

「你希望我永遠哀悼我們的過去嗎？」蘇珊問。

「對。」馬爾康老實回答。他打起精神。「好吧。」他說。「我們來面對。我們來談談。這個人是誰?」

「他是我大學的未婚夫。我以前說過湯姆的事。」

馬爾康眞誠地問，「你爲什麼祝他好運?他要參加吸屌大賽嗎?」

「非常好笑，馬爾康。不是，他今天有個重要的會議。」

「喔，重要的會議。」

「對。」

「聽起來很了不起。這個娘娘腔在做什麼?」

「他在華爾街工作。」搶在馬爾康貶低他之前，蘇珊搶先一步，「去你的，至少他有工作。」

「是啊，至少有那個。」

「他白手起家。」

「眞是英雄。」

蘇珊停頓，此時馬爾康聽到了，他知道停頓的另一端有什麼可怕的事。他等著那件可怕的事，來了:「他跟我求婚。」蘇珊說。

「什麼，又來？」

「對。」

「爲什麼？」

「爲什麼他跟我求婚？」蘇珊問。「這是問題嗎？我只能猜，但我想是因爲他希望我們兩個結婚。」

馬爾康說，「我覺得不合理。」

「哪個部分？」

「全部。我無法想像那個情境。他拿和過去同樣的戒指嗎？還是有枚全新的戒指？」

「兩次都沒有戒指。」

「眞可惜。也許他被重要會議分心，沒空去買戒指。」

「那不是計畫好的。昨天才發生的。」

「什麼，睡覺的時候？」

「我猜是吧。」蘇珊想了想。「你也從來沒有送我戒指。還是兩者會有差別？我想你以爲你送的時候會很有魅力。」

馬爾康發現情勢對他越來越不利，決定是時候大膽動作。「我要你，」他說，「來巴黎找我。」

蘇珊笑了，大笑，而且笑了很久。笑完之後，馬爾康說，「怎樣？你要不要來？」

「我不認爲剛才討論的事已經結束。」蘇珊告訴他。

「還要討論什麼？你不能接受求婚，因爲你和我還有婚約。那不合法。那是多重配偶。」

「馬爾康？」

「那是重罪。」

「馬爾康。」

「幹嘛？」

「你沒有資格這樣。你懂我的意思嗎？那很幼稚，而且惡劣。我不會，也不要接受。現在，無論你從我們共同的生命消失多少個禮拜，你終於想到，還打電話給我，我眞是受寵若驚。但是如果你以爲我會歡迎你回來，你就錯了，好嗎？你錯了。我再也不會那樣。你親自動手的，我們的關係毀了，到此爲止，無法挽回了。」

馬爾康的表情凍結，極爲痛苦。他發出某種悶哼的聲音。

「聽好。」蘇珊說。「請你，拜託你，不要打電話來？至少一陣子？過去幾天我已經覺得好多了，如果你能保持距離，我會相當感激。」

馬爾康想著他能說出最過分的話是什麼。有很多過分的話，但哪一句最過分？但是，在他想到之前，蘇珊已經掛斷電話。他走出電話亭，踏進陽光中。一船的德國人已經離開了，玩乒乓球的男孩也是。馬爾康離開電話亭，心不在焉往瓊恩的公寓去。到了半路他才想起他的腳踏車。他大罵，穿越馬路，攔下計程車，回頭去找。

20

法蘭西絲正在向小法蘭克解釋她私人計畫的第二部分，以及她要小法蘭克扮演的角色，但是好像說得太過生動，有點多於必要。她感覺他的內心反對。他確實看起來想要離開，但她緊緊抓著他的身體。「聽著，等等。」她說。「我知道。但是想想我現在對你說的話。難道不對嗎？」她聽見馬爾康的鑰匙開門，於是轉過去看。馬爾康進門，同一時間，小法蘭克抬起頭來咬了法蘭西絲的手，逃出公寓飛奔下樓。他這一咬劃破皮膚。馬爾康檢查法蘭西絲的手，自願去街角的藥局買些急救用品。

藥局明亮潔白、一塵不染，生意興榮。馬爾康正享受著把每樣法蘭西絲可能用得到的東西裝滿籃子：ＯＫ繃、酒精、阿斯匹靈、外傷藥。店員問他是否受傷，他解釋法蘭西絲和小法蘭克的事情。「到頭來他們都是叢林生物。」店員說。

「是的，而且我們依然是人猿。」馬爾康告訴她，做出猴子的臉，搔著肋骨。

「嗚啦啦。」店員回答。

馬爾康走回公寓的時候，發現小法蘭克坐在對街公園的邊緣。他穿過馬路找他，但小法蘭克看見他來就跑，鑽進灌木裡面。

馬爾康看見法蘭西絲坐在床上發呆，受傷的手放在胸前。他帶她到浴室，在洗手臺放了加入肥皂的溫水。他清洗她的傷口，接著拿起棉球沾了雙氧水，擦在咬痕上。包紮傷口的時候他問「痛嗎？」

「不會。」

「謝謝你。」

法蘭西絲看著馬爾康。「爲什麼要謝我？」

他說他不知道。法蘭西絲堅持一起出去尋找小法蘭克，他們遊蕩整整兩個小時，因爲下雨不得不回家。

那天晚上法蘭西絲無法入眠。隔天上午她又出去，自己去，但是兩手空空回來，而且越來越焦慮。馬爾康不知道該做什麼，下午他邀請瑞諾太太以顧問的身分過來。她帶了香檳和柳橙汁，他們三人聚在客廳想辦法。瑞諾太太因爲受邀非常感動，於是告訴自己絕對不會讓她的朋友失望。幾番考慮之後，她說，「我想我們應該雇用一隻搜尋犬。那種狗會來這裡記住小法蘭克的味道，然後去搜尋。」

馬爾康對於那個計畫沒什麼信心，但還是打算去做，至少能夠提前行動。他在廚房找到一本工商名錄，開始打電話給狗場和育種的人。同一時間，瑞諾太太和法蘭西絲坐在一起，無聲喝酒。瑞諾太太看得出來法蘭西絲承受極大壓力：她的頭髮打結，她的妝容歪斜，無法維持短暫的眼神接觸。瑞諾太太覺得這種頹廢的樣子很有趣，但她也十分同情法蘭西絲。

馬爾康回來。「失敗。」他說。他們告訴他，光靠氣味去找小法蘭克是不可能的。巴黎有太多氣味互相競爭，即使是最天才的搜尋犬也不能確定某隻貓的位置。若有所思之後，瑞諾太太建議他們把小法蘭克的離去轉爲歡迎另一隻動物進入他們的生命。「一隻幼貓會帶來極大的幸福。」她說。

法蘭西絲搖頭。「首先，我不想要貓。我甚至**不喜歡**貓。完全因爲是小法蘭克我們才養他，而且我們根本一直在容忍他。」

「如果你這麼覺得，現在他跑了，能不能乾脆讓他離開？」

「不能。」法蘭西絲回答。「不能、不能、不能。」她開始默默哭泣。她起身離開房間。瑞諾太太又幫自己調了一杯含羞草[4]。「我讓你母親難過了，」瑞諾太太告訴馬爾康。

「不是因爲你。」馬爾康解釋。他舉起酒瓶。「我們的香檳沒了。」

瑞諾太太點頭，接著陷入沉思。「你是否曾經覺得，」她問，「你還很小的時候，成人期就突然朝你而來，其實你本質上還是個小孩，學著身邊大人的行爲，希望他們不會發現你的內心貧乏？」

馬爾康正在思考答案時，法蘭西絲從她的臥房出來。她看起來和剛才離開時不同，眼中住著答案。

她說：「你在船上搞的那個女巫。」

4 香檳和柳橙汁調和的雞尾酒。

21

馬爾康出去買另一瓶香檳，這次他們不加柳橙汁。法蘭西絲對著新鮮、不斷冒出氣泡的酒杯，說出她的頓悟。「搭船的時候，馬爾康搞上一個女巫。」她告訴瑞諾太太。

「很好。」瑞諾太太說，同時拍拍馬爾康的膝蓋。

法蘭西絲問馬爾康，「她能和他溝通，對吧？」

「我想她可以。」馬爾康說。

「我們何不去問她，小法蘭克在哪裡？」

「我不確定她會知道。」他很懷疑。「我也不知道要去哪裡找她。」

瑞諾太太點頭。她說，「可不可以請哪位告訴我，你們在討論什麼。」

法蘭西絲說，「那個被搞的女巫和小法蘭克可以溝通。」

「我們不要那樣叫她。」馬爾康說。

「她聽得懂他的話。」法蘭西絲繼續。

「好，」瑞諾太太說，「但是，說實在的，爲什麼要和小法蘭克溝通？我很疑惑，這也是讓我疑惑的事。」

法蘭西絲看著馬爾康，彷彿在問他該怎麼做。馬爾康聳肩，她把這個動作當成繼續的應許。「瑞諾太太，基本上我們不談這件事情，但是長話短說，就是我已故的丈夫住在那隻貓裡面。」

瑞諾太太的眼皮開始抽搐，她伸手摸臉制止。「是眞的嗎？」

「不幸是事實。」

「你們怎麼知道？」

「不言而喻。」

「你們可以讓我不言而喻嗎？」

「我不知道可不可以。我希望你能相信我的話。」

「我盡量。」瑞諾太太說。現在她興奮得不得了，甚至高興得可以尖叫。她的一隻手抓著另一隻，使盡全力捏著，告訴自己冷靜。

法蘭西絲主動宣布，「法蘭克會跑走，是因爲我告訴他一件他不喜歡的事。」

「哦？什麼事？」瑞諾太太問。

法蘭西絲搖頭。「我不會說。」她看著馬爾康。「抱歉，但我不打算說。總之，我相信她可能幫得上忙，所以我們應該把她找出來。」

「找出被搞的女巫。」瑞諾太太說。

「對。」法蘭西絲說。

「我們，」馬爾康說，「我們想想其他稱呼她的方法吧，除了那個。」

法蘭西絲說，「我們怎麼找出她，是個問題。」

三人無聲喝著香檳。

「我想到了！」瑞諾太太宣布。她跳了起來，撞到吊在茶几上方的鐵燈。她跌坐在沙發，抱著頭，壓著眼睛喊痛。她的聲音穿過緊閉的嘴唇，「私家偵探。」

她打開眼睛看著染上血的手掌。

「我有很多急救用品。」馬爾康說，接著離開房間去拿。但是，他回來的時候，出血量似乎已經超過他能處理，於是他提議打電話給醫生。瑞諾太太非常樂意這麼做。她說她崇拜她的醫生，而且她相信俗話的智慧：人多好辦事。有誰能夠否認這個無懈可擊的眞理？法蘭西絲認爲她可以，但她決定不那麼做，如果這樣可以幫她自己節省時間和力氣。

22

涂許醫生很快就來了。他的眼皮下垂，皮膚黝黑，雙手像青春期的少女。瑞諾太太請他帶一瓶香檳來，他嫌棄拒絕，反而帶了一瓶隆河丘紅酒，但是沒人要喝，因爲已經有木塞味了。涂許醫生大爲掃興，當著眾人的面打電話給他的酒商，抱怨這瓶壞掉的酒如何讓他丟臉。「這些人會怎麼看我？」他問，此時瑞諾太太開始發出讚美。涂許醫生揮手制止她，繼續講電話。他說，「所以，你們打算怎麼彌補？」他舉起一根手指，聽了一會兒；現在他點頭。「是，我想只能這樣。你手上有筆嗎？」他告訴酒商法蘭西絲和馬爾康的地址，然後掛上電話。「他等等過來。」他告訴眾人。

等待酒商到來時，涂許醫生爲瑞諾太太診療。那是個很深的刺傷，需要縫三針。她繃著臉忍耐，結束之後，她表達剛才的痛苦。涂許醫生已經移動到廚房清洗，他在水流聲中大喊：「外傷沒什麼好丟臉的！命運讓你受這個傷，但是你的身體已經在治療自己！多麼神奇！我們是多麼奧妙！」他回到客廳，坐在法蘭西絲旁邊，把他纖細的手放在她的膝蓋上。他用英文問：「怎麼了？」法蘭西絲移開他的手，用法文解釋瑞諾太太受傷之前他們在忙什麼。這位醫生聽著小法蘭克承載靈魂的事情，完全不為所動，但是法蘭西絲說完之後，他搖頭。

「就我的立場，你們說的事情不可能發生。」

「你不相信超自然現象？」瑞諾太太問。

「那裡有什麼能相信？恐懼、罪惡、悲傷。正是這些動機，通往我們內心最奇怪也最模糊的區域。我不相信這個故事。」

「我們不需要你相信。」法蘭西絲指出。

「是沒錯，這是我的看法。」

「我們打算雇個私家偵探去找那個靈媒。」馬爾康說。

「典型的美國思維。」

「謝謝。」瑞諾太太說。「我提議的。」

有人敲門，酒商來了。他是一個瘦高的男人，綁著馬尾，腋下露出汗漬。

他的名字是尙查理。他帶來一個裝著各種酒的酒箱，他把酒箱放到廚房，開始開酒，把酒斟滿酒杯，送到客人面前。他解釋隆河丘的失誤，他們的採購最近顯然因爲所謂的精神崩潰，未能善盡職責。「這當然不是藉口，」他又說，「但我說的是實話，就由你們自行判斷。」

「爲什麼會崩潰？」瑞諾太太焦急地問，彷彿自己也在擔心完全相同的事。

「說來話長，」尙查理說，「而且幾乎，甚至可說完全沒有道理。」此時他問了聚會的目的，於是涂許醫生轉述小法蘭克的故事。他說得津津有味，還在這個取悅他的故事稍微加油添醋。「有時候，彷彿這隻貓隨時都會開口說話。」尙查理似乎覺得無聊，但是聽到私家偵探的時候突然警覺；很巧的是，他家公寓對面的男人就是在做這行。他的名字是朱利斯。尙查理打電話給他，邀請他加入聚會，他同意了。等待朱利斯的同時，眾人繼續進行品酒大會；他抵達的時候，沒有一個人是完全清醒的。瑞諾太太在朱利斯的手上放了一杯酒，朱利斯向她道謝，但是他不想喝酒，所以放下酒杯。瑞諾太太又把酒放回他的手上，這次他恭敬不如從命，啜吸一口，又把杯子放到桌上。瑞諾太太看著酒杯。朱利斯無法從她的表情推斷她的感受，但她沒有再次把酒放進他的手中，於是猜想她滿意了。

朱利斯面對眾人坐下，拿出他的筆記本和筆。

「請問我要幫誰，做什麼事情？」他問。他有點臉紅。

法蘭西絲說，「我和我兒子要找一個女孩，應該說年輕的女人。她來自美國，有通靈能力，住在巴黎某個地方。她或許不住在這裡，只是來玩，馬爾康？」

「我不知道。」

「總之，她在這裡。」

朱利斯問，「夫人，您和這個人的關係是？」

「沒什麼關係。」法蘭西絲指著馬爾康。「我的兒子在肉體上認識她。」

瑞諾太太嗆到，她站起來走到浴室，浴室傳來漱口的聲音，不久之後她又開始對著自己唱歌。

朱利斯告訴法蘭西絲，「如果能夠知道您找她的原因，對我會有所幫助。」

「我們的貓不見了。」法蘭西絲解釋。

「是。」

「我們相信這個女人，可能可以幫忙找到他。」

「她知道他的動向？」

「現在不知道，但我相信，如果我們要求她，她可以在心裡和那隻貓說話。」

朱利斯的筆在他的筆記本上方盤旋。他欲言又止，終於問，「這個女人叫什麼名字？」

「梅德琳。」法蘭西絲說。「我們不知道她姓什麼。」

朱利斯問到外型特徵，馬爾康說，「其實，她還算前凸後翹。」

「頭髮的顏色呢？」

「金髮、藍眼。」

朱利斯寫下。「您認爲梅德琳想被找到嗎？」他問。「或者說，她有沒有什麼理由**不想**被找到？」

「沒有。」法蘭西絲說。

酒商尙查理清清喉嚨，站起來說話，「我想表達一點意見。」他望向遠方，又看著大家。「世界在變，我的朋友，如同氣候在變。我們的動機、我們的夢想和焦慮、我們的**恐懼**也在改變。但是葡萄酒呢？葡萄酒是不變的。聽到好的消息，我們做什麼？我們去拿葡萄酒。聽到不好的消息呢？也是葡萄酒。」

「琴酒。」瑞諾太太說。她再度回到房間，坐在之前沙發那個座位。

尚查理假裝沒聽到。「我在這行已經三十年。我把生命奉獻給葡萄酒。而葡萄酒回饋給我生命，還有生計。這是榮耀，這是責任，是的，這是使命。但是如果沒有我善良、大方的客人，我又該何去何從？」他轉向涂許醫生。「我什麼都不是，眞的。」他伸出拇指和食指，比出一段小小的距離——「這麼大。就這麼大而且不會更大。沒有我善良、大方的客人？你們可以立刻忘記我，像紙一樣撕碎我，把我撒在空中：結束。但這就是我想說的話。」

尚查理坐下，激動得脖子發紅，被自己的話感動。涂許醫生拍拍他朋友的背，自己也站起來——他也想發表演說。他說，「漆黑的太空之中，有顆冰凍堅硬的巨石，正以極爲邪惡的速度朝我們而來。他們說我們很快就會撞到太陽，或月亮，或某顆經過的小行星。但是什麼時候？也許是今天？非常可能是明天。末日確定就要來臨，而且你可以抱著這個想法上床睡覺。」他開始前後走動。「我的父親，」他繼續，「當他下班回家，到了一天終結的時候，他經常會說，『要不要喝口葡萄酒？』接著他會開一瓶葡萄酒，在我面前喝下一口，瓊漿玉液滑入喉嚨，宛如緞帶鋪陳口腔，然後說『啊』。他是個簡單的靈魂，沒有裝飾的必要。但是這麼多年之後，我心想，難道喜愛葡萄酒，不就是熱愛美麗事物的證據？對於精緻事物的欣賞？也許這個男人內在暗藏光芒，只是他的生命不允許他去發掘培養，唉。我們永遠不會知道。逝者以矣。死了、燒了、埋了，呼！」涂許醫生把杯子倒滿，舉到尚查理面前。「喝口葡萄酒。」他說。

尚查理也舉起他的杯子。「喝口葡萄酒。」

兩個男人互相敬酒，喝了，一起說「啊」。涂許醫生在沙發上坐下，忽然一臉悲傷，彷彿他的演說讓他心情不好。朱利斯報價，而法蘭西絲付他兩倍，而且是現金。他摺好鈔票收起來，並說：「線索不多，但我會盡量試試。有消息會通知。沒有消息也會通知。再見。」

「再見。」法蘭西絲說。

「再見。」馬爾康說。

「再見。」瑞諾太太說。

「再見。」涂許醫生說。

「再見。」尚查理說。

「再見。」朱利斯又說，輕輕關上身後的門。

23

朱利斯很害羞。他一直都很害羞，從懂事起就是。小小的互動就會讓他尷尬，有時甚至痛苦。郵局、市場、裁縫——其他人在這些地方遇見熟人油然而生的歡喜，他都沒有。小時候，他的母親告訴他，長大自然就不害羞。他聽了感到安心，但長大之後還是一樣，一直都是。後來母親過世了，他也沒機會糾正她。

奇怪的是，他的害羞並不減損他對人性的鍾愛。朱利斯熱愛人們，而且想到自己永遠無法眞正認識他們，還會悲從中來。因爲這份害羞，朱利斯踏入這個行業，因爲他覺得自己可以研究人類行爲，同時保持隱形。此外，如果他盡到職責，何不收取費用？他只在有人找他的時候才工作，也不是特別成功，換句話說，技術不是非常高明。但是他的母親在遺囑留給他一間公寓，而且他的需求不多，所以他的生活糊里糊塗過了，甚至連他都不清楚。此時他正値中年。

他很訝異接到最近這份工作，但是口袋裡的現金令他興奮。那天下雨，鞋子左腳的破洞吃進泥坑的水；他走進鞋店，買了一雙黑色的義大利眞皮樂福鞋。這是他鮮少能夠負擔的奢侈品，他的心情飄飄然，但是隔天上午，他醒來後，想起這份工作的細節，不禁擔心起來。一個金髮藍眼，名叫梅德琳的女人。他想著。線索這麼貧乏，看來必然會失敗，他開始後悔接下這份工作。他慢吞吞地梳洗，之後坐在公園發愁，想著是否已經來不及反悔。他覺得自己買鞋子的事情很蠢，想要退貨，但是店員不讓他退，因爲鞋底已經磨損。他悄悄溜回他的公寓，拉上窗簾，跑去睡覺。晚上他夢見他去張貼傳單，尋找梅德琳，而她本人回覆；早餐之後他重現那張傳單，懸賞找到梅德琳的人。他印了好幾張，那一整天跑到不同的地鐵站張貼。四十八小時後，他的電話響起，話筒傳來一個沙啞的聲音，說他知道梅德琳的下落。朱利斯坐得筆直；他穿著白色的三角褲和一雙格菱紋的襪子。「她在哪裡？」他問。

「這裡。我就是她。」梅德琳的咳嗽聲帶痰。「賞金怎麼拿？」

朱利斯和她約在奧德昂站外面。他們坐在一間咖啡店的戶外，朱利斯喝咖啡，梅德琳點了雙份威士忌。她戴著歪斜的太陽眼鏡，外套口袋露出衛生紙。她想表達她的困境，而且眞的非常窘迫。「首先，郵輪公司停止支付我的支票。我住在一間青年旅館，但是我的錢一個禮拜就用完了，那個經理完全是隻豬，他翻過所有女孩的包包，我認爲他從小洞偷窺我們洗澡。之後我的錢包被偷，我染上跳蚤，或是虱子，還感冒。」她擤了鼻子佐證。「我很無聊。」她說。「我無聊、孤單、生病，而且我的父母不願借錢讓我買機票回家。」她歪頭。「那個叫馬爾康的男人叫你來的嗎？」

「對，還有他的母親。」

「是你要給我賞金，還是他們？」

「沒有賞金。」朱利斯說，於是梅德琳大皺眉頭。他解釋普萊斯家想要找一隻不見的貓，而且說也許找到會有酬勞。梅德琳點頭，立刻瞭解他們要她做什麼。她小聲咒罵幾句。

「你說什麼？」朱利斯說。

「我說『當我很閒似的』。」她喝光她的威士忌。「帶我去找他們。」

24

法蘭西絲醒來後，發現馬爾康已經騎腳踏車出門，所以她換了衣服，獨自離開公寓。最近她常去附近一家咖啡店，只有當她獨自一人的時候才去。那裡的職員叫她賈桂琳，因爲她不苟言笑、神祕、時髦、美麗。她喝紅酒，她不跟任何人說話，她的小費多得誇張。她看著經過街上的路人，但不看單獨的人，只看成群行動的人。今天她做了一件全新的事，就是寫明信片。走向咖啡店的時候，她看見兩個年輕女孩在街上十八相送：她們握了左手，又換右手；她們同時屈膝彎身、互碰臉頰、旋轉、分開，對著對方笑得濃情蜜意。那是慣例，人與人之間的傳統，但法蘭西絲因此想起瓊恩，於是寫了明信片。

她寫道：昨天我看見男人的陰莖。他在公寓的庭院尿尿。自從我到了之後，看了不少陰莖。你注意到了嗎？這裡的男人隨手就拿出來使用。我沒嚇到，應該吧，只是需要一點時間習慣。昨天那根眞是大得難忘。對一個男人來說必定是份大禮，人生就像中了樂透。我承認，看到那根眞好。法蘭西絲告訴瓊恩她分成兩個部分的祕密計畫，文末以誠摯和深愛作結。我永遠崇拜你的心地。你的內心是最正直的。

她要了帳單，但是等待帳單送來的時候，她決定永遠不寄出那張明信片。她將之摺疊，放在桌上的空酒杯底下。有位侍者發現了，但他不懂英文。他拿給其他侍者和廚師看，但他們全都不懂英文。下班回家的路上，他走到郵局寄出明信片。他通常不是這樣的人，但他覺得法蘭西絲是個特例。最近她給他一百歐元的小費，只爲了一杯店家自選的葡萄酒，而且當他不願收下，她還說那沒差。她那麼說是什麼意思？那個侍者不是因爲小費才寄出那張明信片，而是讓她留下那樣小費的原因。當然，他不知道原因是什麼；只怕是什麼可怕的事，而且值得他重視的事。

25

瑞諾太太已經搬進法蘭西絲和馬爾康的公寓，但她不動聲色，沒有詢問，也沒有承認。每天晚上，密切相處數個小時之後，法蘭西絲和馬爾康會起身，並說「晚安，瑞諾太太」，而瑞諾太太也會起身，作勢離開。「希望下次很快就會再見。」她會說，「雖然我還有很多事情要忙。自從你們倆來，我的事情都擱著了——但我不後悔啦！」她會站在打開的門口，告訴他們，「但是，明天你們可能還是會見到我。祝你們睡死，死死的。」馬爾康和法蘭西絲會休息，而瑞諾太太會偷溜到客廳鋪床。隔天一大早，她會離開公寓，回到自己家裡洗澡更衣，但是一個小時後又會來敲門：笑容可掬，眼睛略帶血絲，手裡抱著報紙和可頌。「你們有空嗎？」她會問，而他們會讓她進來，開始繼續相處一天。不知怎的，法蘭西絲和馬爾康都不爲此困擾。他們覺得雖然這樣不得體，但是很有意思。有時法蘭西絲打開冰箱冷凍櫃時會有點害怕，但只是瞬間，而且她的害怕從來沒有成眞。

某天晚上，馬爾康坐在沙發，吃著蘿蔔，而且沒來由地穿著西裝。法蘭西絲還穿著浴袍，那麼晚了——七點。她已經連續數天沒有離開公寓，這段時間都沒脫掉浴袍。每天都有一段時間，她會覺得自己的穿著太過引人注目，尤其是從她坐下吃午餐，到她晚餐之前喝下第一杯雞尾酒。這段時間，她覺得自己骯髒、破舊、赤裸、被迫、不幸，而她會噴香水、化濃妝，對抗這種不愉快的感覺。她知道自己活得不像樣，但沒有力氣糾正自己。她還剩下兩萬歐元；每天早上她都拿一些沖進馬桶，已經沖了好幾百。

瑞諾太太站在客廳，望著窗外。她已經站在那裡十五分鐘，她的姿勢鬆弛，表情模糊。但是，某件事情引起她的注意，約有五分鐘或幾分鐘，她無法移開視線。她變得十分警覺，最後她說，「你們兩個快來看。」於是馬爾康和法蘭西絲過去。

公園發生嚴重的衝突。

近來公園的居民不太安寧，因爲一批新的外來移民到來，逐漸滲透不足的土地。既有的外來移民群自然與他們敵對；幾天以來，公園中央已經劃了一條看不見的界線。白天的氣氛非常凝重；晚上，酒和食物開始流通，情況就更容易失控。馬爾康見過數次小規模的衝突，但最近突然較爲和諧，他以爲沒事了，殊不知是暴風雨前的寧靜。

這場鬥爭不能稱作聰明，雙方也都沒有任何戰略遠見。那是規模擴大的貧民窟打鬥：祖父級的男人毆打其他祖父級的男人、糾結交錯的男人、互扯頭髮的男人、互相抓臉的男人。那是荒謬但壯觀的場面，而瑞諾太太是三人中最早發現的，她爲此洋洋得意。她的朋友欣喜若狂，全都歸功於她。因此，她感覺自己某個程度擁有這場暴力事件，她急著告訴他們，彷彿是她允許他們觀看。她說，「幸虧我剛好站在窗戶旁邊，否則我們永遠不會聽見。」她閉上眼睛，再睜開眼睛。馬爾康或法蘭西絲完全不理會她。「閉上眼睛，馬爾康。你是不是聽不見？」馬爾康說，「我不想閉上眼睛。」瑞諾太太覺得那樣回答不是非常客氣，爲了挽回顏面，她開始計算外來移民的人數，雖然她的聲音不大，但是聽得見，而且急促，彷彿是爲了大家好而必須做的事。「大約五十。」她說。「一邊二十五個。」她嗤之以鼻。「總之這場戰鬥還算公平。」

馬爾康和法蘭西絲沒有回應。他們已經習慣瑞諾太太老愛索求注意，早就決定制止她最好的方法就是無視她，直到她再度開始索求注意。有時候需要一點時間，因爲瑞諾太太還算蠻會自我憐憫；但是感謝時間，酒，和補眠，她遲早會恢復平日的優雅和風趣。

暴動在他們底下激烈進行。一下子就從個人之間的衝突，演變成壯觀、聯合、團結的軍隊。法蘭西絲說，「總算自成一格。」瑞諾太太聽了感到羨慕，她知道自己永遠無法說出這麼厲害的見解。她心想，她的見解好壞參半：乍聽之下精彩，但永遠無法精闢。

鎮暴警察湧進公園。他們人數多得不尋常，隨身攜帶戰鬥的武器。他們高高在上、活力充沛地執行勤務，有些還露出明顯的快感。他們朝著聚集的人群進攻，一一打倒外來移民，朝他們的頭殼揮棒，接著尋找下個目標。不一會兒，將近一半的外來移民昏厥在草地上，另一半被警察牽制，成群被趕到公園中央。路燈之下，他們的臉上覆蓋恐懼、仇恨，溫熱的氣息一陣一陣噴進寒冷的空氣。此時外來移民不再互相打鬥，而是等待即將來臨、新的暴力。警察左手持著盾牌，右手舉起棍棒，逐步逼近擠在一起的男人。「看。」法蘭西絲說。

其中一名傷者出現。他站起來，走出人群間，扶著頭，試著振作。他注意到草地上有某個東西，移動過去：一根警棍。他抓起警棍緊握在手。他走向警察，那些警察全神貫注看著眼前這群，完全沒有注意到他已逼近。這個男人選好目標，舉起警棍，朝一名警察的膝蓋揮去。那名警察跪下，而這個男人很快又朝第二個、第三個揮過去。某些警察發現有人從背後攻擊，於是一小群警察轉身面對那個男人。雙方對峙，暫停動作。

「看他的臉。」法蘭西絲說。

那個男人在笑。血從他的臉上斜斜流下，彷彿頭髮分線。他朝警察吐口水，他嘲笑他們。他不時朝他們衝刺，揮舞棍棒，威嚇他們，刺激他們進攻。他毫無畏懼，他彷彿著了魔，無比巨大。法蘭西絲覺得他很美，他確實是。

他發動攻擊，兩名警察倒地，但是另有兩名壓在他身上。他們對著他猛敲，直到他失去意識，接著回去繼續朝著緊緊聚集的外來移民進攻。公園的四個角落有四堆營火正在燃燒；連成一間布滿煙霧的歪斜房間。有人敲門，但沒有人去應門。「請進！」瑞諾太太說。朱利斯和梅德琳自己走進公寓。

26

他們被叫到窗戶旁邊觀看暴動的結局。結束之後，梅德琳表示那眞是醜陋到了極點，那些警察是下流的豬。朱利斯提出問題，人類社會需不需要監督和法規。瑞諾太太聽了之後同情，但是法蘭西絲打斷她。「所有警察都是豬。」她宣布。「這就是最終的事實。」

瑞諾太太準備了飲料，正端過來給大家。搬進來後，爲了製造存在的需要，她買了一本雞尾酒食譜。今晚，她調了古老的英式雞尾酒，名叫亡者復甦二號。需要的材料是相同分量的新鮮檸檬、琴酒、麗葉酒、君度橙酒，還有幾滴苦艾酒，最後放上一顆星狀的茴香。所有人都對那杯酒很滿意，滔滔不絕討論酒的歷史和成分。後來他們決定，當天晚上就要聯絡小法蘭克，而且瑞諾太太強調，她選擇這款雞尾酒的時機正好。她承認她一直想要參與降神會，而且《開心鬼》

（*Blithe Spirit*）就是她最喜歡的電影，有人看過嗎？

「其實我不確定這是降神會。」梅德琳說。

「爲什麼不是？」馬爾康問。

「降神會是召喚死者。」她回答。「我不知道能不能說我們要聯繫的那個人是死人。」

「他當然還沒死。」瑞諾太太斬釘截鐵地說。

梅德琳問法蘭西絲，「你覺得呢？」

「老實說我希望他就快死了，但我不知道，我討厭那個男人，是否表示我希望他死。」

梅德琳一臉好奇看著她。「幹嘛？」法蘭西絲說。

「你介意告訴我那個故事嗎？」梅德琳問。

「哪個故事？」法蘭西絲禮貌地回答。

「你的丈夫怎麼會住在那隻貓裡面？」

「喔。」法蘭西絲喝了一口她的雞尾酒。

「就是，某天早上，他死在我們的臥室，你知道的。」

「是。」

「心肌梗塞，然後他**真的**死了，但是那很突然，而且不知怎的，我發現我無法面對。他讓我經歷這麼恐怖的苦難，我不方便說明。整體來說，那個時候的我，情緒不是很好。總之，我週末打算外出，車子在街上等我，司機已經把我的行李放到車上。我記得當時我心想，去告訴法蘭克我要出門也很蠢，他又不在乎，那麼做有什麼意義？但我決定去告訴他，於是我上樓，他就死在我們的床上，光溜溜的，什麼也沒蓋。有隻貓坐在他的胸口。」

「一隻貓還是一隻小貓？」梅德琳問。

「一隻年輕的貓。」

「你之前看過那隻貓嗎？」

「沒看過，所以想想這個雙重打擊。屍體，還是被打擾的屍體。他們嘴對嘴。那隻貓在舔他的臉，還發出聲音。」

「什麼聲音？」梅德琳問。

「索求，幾乎是哀鳴——充滿渴望。那根本就是最醜陋的一件事情，無法承受，眞的。我趕走那隻貓，趕下樓，趕出前門。然後我上樓坐在法蘭克身邊。我似乎什麼都感覺不到，除了絕望，什麼都做不了。接著是想一走了之的感覺。接著是必須這麼做的感覺。司機在按喇叭。」法蘭西絲聳肩。「我走了。」

「你去哪裡？」

「我去滑雪。」

「你去滑雪。」

「我滑雪了。」

「你完全沒跟別人說那件事？」

法蘭西絲搖頭。「我不覺得整個週末我說超過十個字。他們說我高高興興去度假，但完全不是。那幾天我都想著法蘭克，每天晚上我都夢見他。他對我狂吼，但沒有聲音，他被消音。他非常氣我。」

「爲什麼？」

「我不知道。也許他希望有人去把他蓋起來，去照料他。」法蘭西絲看著馬爾康，馬爾康別過頭。她回頭看著梅德琳。「我以爲我不在家的時候會有人去處理，但是住在家裡的傭人週末休長假，也沒有別人去。我星期一下午回到家。家裡非常安靜。我走進臥房，法蘭克還是躺在我離開時的地方，只是腫得像氣球，顏色也像氣球。我打電話叫救護車，急救人員過來。他們看到他的樣子，覺得事態嚴重，所以我想我當時的舉動必定不太正常。他們開始問我問題——我什麼時候發現他，諸如此類。然後我的感覺非常奇怪，好像有點靈魂出竅。我沒想到跟任何人說謊。其實，我希望我當時說謊。沒有那麼做眞是愚蠢。急救人員打電話給警察，很快整個家裡就都是警察。」

「他們逮捕你嗎？」

「差一點。法律上沒有什麼問題。問題在於社會。我從警局回到家的時候，狗仔已經守在門廊，那隻貓也是。他跟著我進去，好像非常自然。我一看就知道是他。」

梅德琳點著頭。「好。」她說。「那麼，我們開始吧，看看這件事情想怎麼發展。」她指著餐桌。「可以在這裡嗎？」

「可以。」法蘭西絲說。

「我可以待著嗎？」瑞諾太太問梅德琳。

「當然。」

「我可以嗎？」朱利斯問。

「可以啊。」梅德琳轉向馬爾康。「你還想邀請誰來？哪個鄰居還是收垃圾的？」

這群人開始發揮團隊精神。法蘭西絲請大家幫忙整理房間，而現在他們全都勤奮地搬起家具。

27

法蘭克林．普萊斯去了哪裡？逃離馬爾康後，他極度焦慮，在瑪萊晃來晃去。自從離開紐約，他就非常不安，而法蘭西絲告訴他接下來的命運，正好總結他的恐懼。他不知道該怎麼辦，只知道他永遠無法回到她的身邊。

他往西北走了一個弧形，最後抵達巴黎市政廳。天空開始下起雨，他的肉球踩在冰冷的地面。所有惡劣的處境告訴他一件事情：繼續待在街上就是死路一條。他坐在天篷底下，看著進出巴詩威百貨的人潮，決定其中一人要來救他。

他一見到她就知道是她。她是個相貌姣好、穿著講究的女人，大約四十多歲，提著沉重的購物袋。正當她停下腳步調整手勁的時候，他快步穿過街道，跑到她的面前。「喔，哈囉。」她對他說，然後轉身要走。他必須加快腳步才能跟上；她注意到他尾隨在後，於是笑了。他跟著她經過她家庭院，爬上長長的階梯，進去她的公寓。她打開門，低頭看著法蘭克林。「進去吧。」她說，於是他進去了，就那麼簡單。

他們一起度過慵懶的下午。她準備要送進烤箱的食材，同時聽著廣播的談話節目。她給法蘭克林一碗牛奶，而他喝了，然後走向投射在客廳的一道陽光。法蘭克林趴下睡覺的時候，覺得自己找到新家，而且他會非常喜歡。

不幸的是，帶他回家的女人嫁給一個不太喜歡動物的男人，而且說實在的，他只喜歡他自己。那天晚上他回家的時候心情不好，打算找他的妻子吵架。一隻路邊撿來的老貓正好適合作爲宣洩惡意的開頭。最後丈夫咆哮的聲音喚醒法蘭克林；那個男人朝他快步而來時，他正好抬起頭。他拽著法蘭克林的脖子，把法蘭克林拉到前門，往外丟下階梯。

法蘭克林還沒完全清醒；他從沒那樣被丟在半空中，感覺既生疏又震驚。他瞥見樓梯尾端的牆面，然後掉在地上，沿著門廳滾了好幾圈。之後他站在階梯底下，因爲受辱而暴怒。他想起風光的過去，感到痛苦不堪：整個衣櫥的訂製西裝；禮車的皮革氣味。他曾經相信他不只是個紐約市民，某個方面整個城市都是他的——城市的聲音就是他的聲音；建築物在天空底下的輪廓不只熟悉，而且歷歷在目，象徵他的野心和成就。

他生了好一會兒的悶氣，最後蜷縮在門廳的角落，在併排的信箱底下睡著。清晨他在管理員的手中醒來。管理員不希望法蘭克林受傷，但是他也不允許流浪動物聚集在他的大樓。他把他放在冰冷的水泥地上，離開前對他說「*Bon chance, mon ami*」。相反地，法蘭克林的運氣只是越來越差。

墜入谷底之前有段時間。他持續跟著從巴詩威百貨出來的女人回家，但沒有人像第一個那樣友善，多半都在發現他的意圖之後就把他噓走。有個女人讓她待了一晚，但是隔天早上發現他用爪子抓著廚房桌腳，就把他趕了出去。另一個女人給他午餐，但他吃完後，她就把他推出門口。他喵嗚的聲音惹惱她，她便拿著掃把出來趕他。

有幾天他的身心都非常不適；他悲慘的遭遇不只是暫時的運氣不好，而是無法改變的情況，這點越來越明顯。顛沛流離引發的憤慨，終究會漸趨平淡。窮困潦倒的人便是如此接受他的處境，但是人越落魄，重新振作的機會就越小。法蘭克林很快就瘦骨如柴，而且一個可惡的廚師在柏維勒一家中國餐廳的後巷對他潑灑滾燙的油，害他背上禿了一塊。他被古老的卑賤控制，在野蠻的巴黎流浪動物圈裡，開始以發狂的殘暴出名。

年輕讀大學的時候，法蘭克林曾經不是非常認眞地嘗試自殺，他吞了一瓶寧必妥。一天半後他醒來，渾身發抖地繼續忙自己的事，沒有告訴任何人他做了什麼。不僅做了這件事情丟臉，沒有成功也丟臉。四十幾歲的時候，他再度嘗試。這次他用煩寧，差點成功，但是幾個小時後，他的祕書發現他平躺在地板。急救人員把他搶救回來，他說是不小心服用過量。那個祕書認爲不是眞的，法蘭克林給了她很多獎金，她也識相地當成對於那件事情閉嘴的暗示。

現在，化身爲貓的法蘭克林再次明白他有自殺的必要。他很確定沒有別的辦法；某天早上，他動身尋求解脫。

他在巴黎街上走了數個小時。他還沒想好離世的方式，他考慮選項：衝向公車的輪胎底下？跳進塞納河？他在艾菲爾鐵塔的陰影底下清理自己，看著頭上的龐然大物，他明白自己已經來到終結生命的地點。

過去，每當聽見某人跳樓自殺，他就覺得噁心：猛然墜落，撞上水泥。誰會想要那樣突然的結尾？現在他懂了。一般來說，地面作爲解決方法，不僅不能搬走，也不會出錯，或被人搞砸。而且，他求死的慾望之強烈，以致內心希望他的軀體能夠毀滅。法蘭克林．普萊斯想要爆炸。

他開始往上爬，爬了三百六十層階梯，到了鐵塔的第一層樓，離地幾乎兩百呎；這是跳樓唯一能夠直線落地的地方。他繞了平臺數圈。他往西俯瞰戰神廣場，廣場寬廣寧靜，綠草修剪整齊。他往東凝視塞納河，上頭滿是遊船，露天的船隻載送遊客悠遊河流。他跨過安全圍欄，站在平臺邊緣。他往下看，風在耳邊。他沒有神可以咒詛或懇求，也沒有想要尋找或思念的人。

他往前一踩，頭朝地面墜落。他伸長脖子，看見地面接近。他閉上眼睛準備迎接衝撞，但是就在衝撞前，他不由自主改變姿勢，四腳穩穩踩在地上。法蘭克林過了一會兒才發現他沒有死。他在發抖，他的腳掌因爲衝擊的力道刺痛，但他沒死，甚至沒有受傷。

他不敢相信，再次爬上去。他急忙跑到平臺邊緣，盡其所能往遠方跳，而且下降的過程只想著綳緊全身，讓頭骨對準地面。但是就和之前一樣，在最後一刻，他轉了一圈四腳落地。法蘭克林．普萊斯明白，出於生存本能，動物無法自殺，這點凌駕情緒與意志。他跛著腳離開鐵塔，想著不久之後，他可能會死於營養不良，從中得到痛苦的安慰。

他整個下午都在遊蕩，直到晚上。他蜷縮在伏爾泰站附近一座公園的旋轉木馬底下，等待睡意，此時一道奇怪的力量抓住他的意識不放。有個聲音朝他而來，接著是許多聲音，那些聲音無法聽見，而是從他的體內浮現。他們想要和他說話，而他發現他只能順從那些聲音。他潛入某種恍惚狀態；他的內心溫暖。

28

「哈囉？」梅德琳說。「法蘭克林，我們都在這裡和你一起，能請你和我們說說話嗎？」

眾人圍繞飯廳的桌子坐下，盯著中央的蠟燭。法蘭克林的聲音傳來時，火焰隨之歪曲，彷彿他乘著光線而來。

「你是誰？」他問。

「我的名字是梅德琳。我們在來這裡的船上見過面，你記得嗎？」

「你要做什麼？」

「只是想跟你說話。」

「說什麼？」

「說你的事。法蘭西絲和馬爾康也在這裡。也許你想和他們打聲招呼？」

法蘭克林沉默。

「哈囉，法蘭克。」法蘭西絲說。

「哈囉。」

「你好嗎？」

「喔，就那樣。你和馬爾康在一起？」

「對。」

「馬爾康？」

「是，爸。」

「這些是在幹嘛？」

「哪些，爸？」

「這些花招。」

「就是你跑掉啦，你知道的。」

「所以呢？」

「我們好奇你去了哪。」

「哪都沒去。」法蘭克林說。「像游牧民族。」

「你在屋裡還是外面？」

「外面。」

「你不冷嗎？」

「我冷。」

「你餓嗎？」

「經常。」

「你整天都在做什麼？」

「沒什麼。走來走去。」

「你靠小聰明過日子。」瑞諾太太說。「我覺得很了不起。」

法蘭克林暫停。「那是誰在說話？」

「我是瑞諾太太，我真的非常高興認識你。我是你太太和兒子的好朋友。老實說，他們對我的影響很深。我相信友誼的力量比任何宗教還要長久，你不認爲嗎？」

「我以前從未想過。」法蘭克林說。

「現在就想想，我敢保證你會有同感。而且我可以告訴你，法蘭西絲和馬爾康很擔心你，擔心得要命，眞的要命，擔心到生病。」

法蘭克林說，「法蘭西絲，這是誰？」

「她剛剛才告訴你她是誰，法蘭克。」

「**瑞諾**。」瑞諾太太重複。「你聽不清楚我們的聲音嗎？」

「我聽得見你。」

「嗯，我希望你知道我早就把你當成朋友。我對你有種友好的感覺，我希望我們能夠變得親近，就像我和你很棒、很棒的家人一樣。我發現你的困境很有吸引力，而且我有好多問題想要問你。例如：你腦袋裡是貓的思想還是人的思想？」

「法蘭西絲，」法蘭克林說。

「你跟一群什麼都不怕的低下階級混在一起了嗎？」

「法蘭西絲，拜託。」

法蘭西絲拍拍瑞諾太太的手，要她安靜，但她不是不懂暗示，就是選擇無視：「昏暗的後巷會有愛嗎？我會想像情勢所逼的時候，感官變得更加敏銳，愛情一定也會大大升溫。想想戰爭剛剛結束之後的生育潮。那代表人類精神站穩腳步，事實上在說：沒有什麼能夠壓抑我。如果你花點時間想想，其實非常動人。」她環顧四周，想看她說的話對她的朋友有什麼效果，但是沒有，就算有，也弱得聽不見。

馬爾康問，「爸，你爲什麼跑走？」

「好問題，好問題。你怎麼不問問你母親？」

馬爾康問法蘭西絲，「爸爲什麼跑走？」

法蘭西絲說，「那很複雜。」

法蘭克林說，「沒**那麼**複雜。」

法蘭西絲盯著蠟燭，燭光在她的眼中搖曳。「你在哪裡，法蘭克？」她問。

「我選擇不回答那個問題。」法蘭克林說。「有誰想知道爲什麼嗎？」

「我想。」瑞諾太太說。

「我也想。」梅德琳說。

「我想，也不想。」馬爾康說。

法蘭克林說，「不過是件小事，法蘭西絲有意用她的雙手殺掉我。」

所有人望向法蘭西絲，她高貴的姿態維持了幾分鐘，但是她迸出笑聲，瞬間破功，咯咯笑著。那個聲音嚇到朱利斯，他還把杯中的酒灑在桌布上。「我很抱歉！失陪一下！」他覺得很丟臉，連忙跑去廚房找抹布。

「好了，**那**又是哪位？」法蘭克林問。

「他的名字是朱利斯。」瑞諾太太說。「我對他的認識不深，但我覺得他是個好人。他幫了不少忙，而且彬彬有禮。」朱利斯拿著抹布回來時，她告訴他，「跟法蘭克林打個招呼。」

「哈囉。」朱利斯輕聲說，同時兩頰發燙，擦著灑出來的酒。

瑞諾太太說，「朱利斯的形象非常浪漫：夜行的男人，不斷探索。他在尋找答案、訊息。這工作一定很有成就感，是不是，朱利斯？」

朱利斯前後搖晃他的頭。

「但是有所**追求**。」瑞諾太太說。「那是我最羨慕的。我的人生從未有所追求，而且我覺得非常遺憾，我說真的。」

「不好意思，他在追求什麼？」法蘭克林問。

朱利斯簡短解釋他在這個故事當中的角色。

「而且法蘭西絲付錢要你做這個？法蘭西絲？」

「幹嘛？」

「你付錢給這個白痴?」

「別這麼無禮，法蘭克。」

「這個梅德琳呢?她又拿多少?」

「閉嘴，法蘭克。」

「嘿!朱利斯?」法蘭克林說。

朱利斯還在擦著紅酒的污漬。「是?」他說。

「你找到這個梅德琳，梅德琳現在找到我。這麼說對嗎?」

「對。」

「那你還待在這裡做什麼?你的工作不是結束了?」

朱利斯說，「我要求留下……我想看看……」桌布上的污漬擦不掉。「你有蘇打水嗎?」他對法蘭西絲小聲說，但她聳肩。

「法蘭西絲?」法蘭克林說。「聽我說。」

「好吧。」

「聽清楚我說的話，法蘭西絲。」

「我在聽，法蘭克。」

「這些人？你的新朋友？他們是詐騙集團。他們假裝彼此不認識，事實上他們串通起來騙你。」

「拜託，別說蠢話。」

「我來告訴你什麼是蠢。你想知道什麼是蠢？如果你想知道，我來告訴你。」

「你根本不知道自己在說什麼。朱利斯和梅德琳都是好人，他們都很幫忙，而且我很高興認識他們。」她舉起酒杯向她的新朋友致敬。瑞諾太太拉扯法蘭西絲的衣袖，她也想得到讚美。法蘭西絲說，「你也是，親愛的。」瑞諾太太大喜。

「好。」法蘭克林說。「隨便他們。關我什麼事？但別說我沒警告你。」他停頓。「爲什麼我忽然覺得我是這個飲酒大賽的笑點？你們這些人**想要**什麼？」

「你知道我想要什麼，法蘭克。我費了很大的力氣找你，而我發現你不願回家，眞的非常可惡。我這輩子從未向你要求什麼，現在我跟你要求一件事情。」

「一件小事。」

「我應得的。」

「怎說？」

「我原本大有所爲。」法蘭西絲說。「我原本前途無限。我把我的人生給你，然後你把它變成一齣爛戲。」

「我讓你有錢。」

「我本來就很有錢。」

「我認識你的時候沒有。」

「總之，錢都沒了——」

「那是誰的錯？」

「——錢都沒了，而且我希望你，我**命令**你回家，接受你的命運。」

「是嗎？好，我跟我的祕書確認之後再答覆你。嘿，馬爾康？」

「是，爸？」

「這一切你有什麼看法？」

「一切什麼？」

「你的母親想要殺死你的父親。」

「喔。」

「有任何想法嗎？」法蘭克林說。

「老實說，我寧可不要涉入。」

「很好，那樣很好。家人對你來說就是那樣。」

馬爾康扮了一個鬼臉。他清清喉嚨。「我想我眞正想說的是，爸，你要我介入這種私事，我不太確定這樣公不公平，考量我不知道你是什麼樣的人，從來就不知道，而且不是因爲我不想知道，而是因爲你從來沒有給我任何機會，從來沒有對我表示任何一點喜歡或慈祥，就連我還是個小孩，對你有所崇拜的時候也沒有。而且我唯一希望的，只是你牽著我的手，陪我在任何他媽的公園散步，摸摸我他媽的頭，天哪，我就這麼讓你討厭嗎？」馬爾康起立，用力把他的酒杯丟向牆壁。酒杯碎裂，他怒氣沖沖走了出去，甩上他臥房的門。

「他在氣什麼？」法蘭克林問。

「他剛剛才告訴你他在氣什麼，法蘭克。他恨你。」法蘭西絲正摸著她的頭髮，整理造型。

「好。」法蘭克林說。「好吧。很高興和你聯絡，法蘭西絲，但沒人反對的話，我要回去繼續餓到死了。」

瑞諾太太反對。她說她有很多問題，但是回答的時間可能不夠，她會接受很多問題沒有回答，但是法蘭克林跑掉之前，她請他遷就她，與眾人分享，整體而言，成爲一隻貓是什麼經驗。法蘭克林思考答案的時候嘆了口氣。「整體而言是挫敗，我想就是那個詞。」

「怎麼個挫敗？」

「唉，我還是有以前所有的想法和欲望，但我什麼也做不了。我想念活著、當人的時候。我很享受。」

「你對我似乎總是非常生氣。」法蘭西絲說。

「我是，但我喜歡生氣。」

「你才不。」

「我絕對喜歡。那就是不生氣的人絕對不會稱讚生氣的人的事情。生氣很好玩。我愛我的工作。我愛其中的算計。我愛錢。我愛逃過處罰。」

法蘭西絲告訴他，「但你沒有逃過，有嗎？」

「我幾乎都逃過了，總之多於絕大部分。」

「對，但看看你現在。」

法蘭克林沉默半晌。蠟燭的火焰跳動，但又試著撐住。「去你的。」他說，然後燭光自己熄滅，桌子周圍的人都坐著沉思飄移的煙。

29

馬爾康和法蘭西絲隔天早早出門。他們晃著晃著，發現自己來到自然歷史博物館。他們一起看了展覽，接著分開各自漫遊。這個時候，馬爾康站在四樓，靠著欄杆看著他的母親坐在二樓的咖啡店。她沒意識到他正在看她。他感覺到愛和恐懼，和她密切相處讓他恐慌。他去廁所洗臉。鏡子旁邊的牆壁寫著凱薩看見她：「抓住，抓住她。」馬爾康皺眉。他最近有種感覺，世界向他展現的不愉快多於必要的分量。他移動到咖啡店，坐在法蘭西絲對面。

「我想家。」她說。

「那個公寓？」

「不是。」

馬爾康說，「喔，如果你準備回去紐約，我也可以回去。」

法蘭西絲聽了不悅，她發現馬爾康不明白她、他們，在巴黎做什麼。「喔，朋友。」她只能這麼說。她給梅德琳五千歐元作爲酬勞。扣掉五千，她還有九千歐元。她想著如何花掉。

他們回家的路上沒怎麼說話。經過公園的時候，法蘭西絲注意到那場暴動中非常勇敢的男人坐在長椅上，吃著網袋裡的柳橙。他的臉上可見腫塊與各色瘀血，但他看起來不會不快樂。他對法蘭西絲微笑，而法蘭西絲無法回想有多久不曾這樣，害羞地轉身。

瑞諾太太在門口迎接他們。「我不喜歡你們不說一聲就出門。」她告訴他們。「讓我覺得好孤單，好脆弱。」

「放輕鬆，沒事。」法蘭西絲說，按按瑞諾太太的鼻子。她拉了把椅子坐在窗邊，看著那個長椅上的男人；馬爾康躺在沙發讀法國的小報。瑞諾太太做了舒芙蕾，很快就端了出來。吃完後，法蘭西絲洗澡、著裝，還在臉上化妝。她在外套口袋放了七千歐元，然後沒知會瑞諾太太或馬爾康就出門。

那個男人還坐在長椅上。陽光照在他挨打的臉，他閉著眼。法蘭西絲坐在他旁邊，他轉過來看她，對 *le femme dans le fenetre*——窗戶裡的那個女人打招呼。

法蘭西絲點點頭，他拿出一顆柳橙給她，她拒絕。他為他臉上的模樣道歉。「我平常蠻帥的，不只有我的朋友這麼說。」

「我相信你說的是實話。」她說。

「放心，我會再帥回來。」

法蘭西絲微笑。她說，「我看到昨晚發生的事。」

「眞的嗎？哎呀。總之，是場了不起的秀。你有什麼看法？」

「我只是覺得你的行為非常勇敢。」

那個男人害羞地低下頭，但是，他也非常驕傲。他為他的舉止、他動粗的方式表達遺憾。「但是你必須明白，站在我的立場，警察是最低下的生物，所以我完全不會尊重他們，只會鄙視他們，他們活該。」

法蘭西絲表示她也不喜歡警察，於是那個男人恭敬地把手貼在心上。她問他為什麼沒被關進監獄，他說，「警察把我們抓走，一個接著一個，在河邊的街上排成一排。負責我們的人心不在焉，他一直看著別處，後來乾脆走掉，不見人影，好像我們都會坐在那裡等他回來。奇怪的是，大家眞的都在等他，除了我以外。」

「你被銬上手銬嗎？」

「是啊，但你看。」他伸出手腕，上面滿是瘀血和突出的血管。「手腕很粗，跟你們的比利小子一樣，你知道比利小子嗎？」

「我知道。」

「他每次都逃跑，我每次也都逃跑。」

法蘭西絲說她改變心意想要柳橙，那個男人連忙找尋。「只給你最好的柳橙，夫人。這個袋子裡面最好、最美味的柳橙，就是你今天會得到的柳橙，因爲你是我的客人，神祕又美麗，窗戶裡的那個女人。」他找到那顆冠軍柳橙，並且幫她剝皮。「伸出你的手。」她照他說的做，他把渾圓的柳橙放在她的掌心凹處。他大膽地問，「夫人，我可以吃點你的柳橙嗎？」

他們一起吃了那顆柳橙。他們兩人都非常愉快，也很高興兩人相遇。吃完柳橙後，她遞給那個男人七千歐元。他握著那些鈔票。

「我病得很重。」她告訴他。

他懷疑地看著她。「你看起來不像生病。」

「我是，而且老實告訴你，我沒有多少日子可活。所以，你看，你收下這個等於幫了我大忙。你在幫助我。」

「怎麼會幫助你？」

「會幫助我快樂。」

爲求謹慎，他說，「你需要我拿這些錢爲你**做**任何事情嗎？」

「完全不用。」

那個人想了一會兒。他抽出一張一千歐元，剩下的還給法蘭西絲。

「你不拿走全部嗎？」

「不。」他指著附近另一個坐在樹下的外來移民。那個人顯然很醉，而且看起來智力低於常人。「那邊那個男人？他應該拿走剩下的錢。」

長椅上的男人站起來，將手上那袋柳橙甩過肩膀。他伸出空著的手，而法蘭西絲將自己的手放在上面。男人鞠躬，隨即走出公園，往河的方向去。他走了之後，法蘭西絲走向坐在樹下的男人。她遞出錢，而他收下，握在手上並起立。他什麼也沒對法蘭西絲說，朝著和長椅上的男人同樣方向走了。

法蘭西絲看著那個男人消失。她沒有得到原本期待的感覺。她抬頭看公寓，馬爾康正看著她。她揮手，他不動。

30

朱利斯早上的時候又來，帶著一包神祕的過夜行李和一本書。瑞諾太太歡迎他進來，他坐在沙發等人來問他爲何在那裡。既然沒人開口，他索性打開書本開始看書。沒多久，瑞諾太太在茶几上放了一碗草莓，他也吃了。

梅德琳在午餐之前抵達，吃力地提著沉重的粗呢包。「馬爾康的房間在哪裡？」她問朱利斯，朱利斯伸手一指，接著繼續看書。梅德琳發現馬爾康坐在床上，光著上身。她說，「聽著，我得在這裡住一下子，可以嗎？」

「可以。」馬爾康說，又說，「哈囉，你好嗎？」

「很好。兩天後我就要飛回家了。」她舉起她的包包放在床上。「馬爾康，我不會跟你上床，好嗎？事情已經夠奇怪了。」

「好。」

「其實我覺得我們一開始上床就很奇怪。」

「我可以不談這件事情。」馬爾康說。

梅德琳拉開包包拉鍊。「我需要一個抽屜。」

馬爾康指著衣櫥，然後穿上浴袍，移動到客廳，坐在朱利斯旁邊。瑞諾太太從廚房出來，穿著彩色的烹飪罩衫，拿著盛滿的湯匙，叫馬爾康過去嚐嚐。「我認爲要再多點鹽巴。」他說，於是她又回去廚房。瓊恩自己進去公寓，顫抖的手拿著鑰匙，臉色蒼白如紙。「法蘭西絲呢？」她問。「在浴室。」馬爾康說。瓊恩放下包包，連忙走下走廊。她發現浴室的門鎖上，於是瘋狂敲門，法蘭西絲大喊，瓊恩聽了癱軟在地上。馬爾康拉起她的手臂，帶她到沙發，對著她啜泣的聲音問，「你好嗎，瓊恩？」法蘭西絲很快就從浴室出來，過去安慰她的朋友。瓊恩原本擔心，現在安心，但很快又生氣，接著原諒；最後，非常高興。她和法蘭西絲開始討論下午的計畫，那些計畫並不包括站在一旁滿臉震驚的瑞諾太太，瓊恩的出現讓她心神不寧。她拉來一把椅子，問瓊恩要在巴黎待多久。

「我不確定。」瓊恩回答。她臉上的表情和善，但是困惑。「請問你是誰？」

「我是瑞諾太太。」

「你好嗎？」

「我比別人讚美我的還好。**你**好嗎？」

瓊恩望向法蘭西絲，她在笑，接著回來望向瑞諾太太，她沒笑。瑞諾太太不喜歡瓊恩坐在沙發的樣子。「你打算住哪裡呢？最後一刻才找旅館恐怕不容易。」

「這是我的公寓。」瓊恩回答。瑞諾太太聳肩，彷彿懷疑這句話的真實性。她回到廚房敲打鍋碗瓢盆以表抗議。瓊恩跟著法蘭西絲進去房間。

「這個在我家的恐怖女人是誰？」

「她不是暴民吧？」

「她不是暴民，不是。」

「給她一個機會，她沒那麼糟。」

「你什麼時候開始遷就你的仰慕者？」

「很奇怪，對吧？我完全處於被動，看來似乎如此。也許我只是累了。是吧，我想就是那樣。」

「那麼明信片呢？」瓊恩說。

法蘭西絲對於明信片被寄了出去表示不解。瓊恩表示她對寄出這個謎不感興趣，而是上面的內容。

「心情不好。」法蘭西絲解釋。「那個心情過了。」

「過了嗎？」瓊恩問。

法蘭西絲牽起瓊恩的手親吻。「是的，親愛的。」

他們吃午餐。瓊恩稱讚瑞諾太太的湯，那個女人因此稍微軟化。瓊恩剛才完全沒注意到的朱利斯才開始自我介紹，梅德琳從馬爾康的房間出現，揉著眼睛。

「我睡著了。」她對著大家說。接著她問瓊恩，「你叫什麼名字？」

瓊恩轉向法蘭西絲。「大概有多少人住在這裡？」

「這就是全部了。」法蘭西絲向她的朋友保證。但是一個小時後，蘇珊來了，還拉著她的未婚夫湯姆。他們放下行李，法蘭西絲說，「好吧，但**這**眞的是全部了，我保證。」

31

湯姆給人的第一印象是帥氣；第二印象是正常；第三印象是完全沒有幽默感；第四，他不懂什麼是尷尬。他在晚餐桌上對著眾人說：「我很抱歉前來打擾。但是坦白說，我不知道還能怎麼做。現在我的處境非常痛苦。我希望你們大家都能理解。」

「喔，不。」瑞諾太太嘴裡嚼著食物。「怎麼了？」

「簡單來說，我愛上蘇珊。」

「那件事情這麼糟嗎，整體來說？」

「如果那份愛得到回報，就有慶祝的理由。」

「沒有嗎？」瑞諾太太閉上她的眼睛。「我無法承受。」

湯姆變得惆悵。「遇見蘇珊之前，我以爲我知道愛上一個人是怎麼回事。我說過我愛你，也是認眞的。我聽過有人說愛我，也很高興聽到。但是相較之下，那些感覺又算什麼？這次不同，這是詩人渴望的愛。」

「你是詩人嗎？」瑞諾太太問。

「我從事金融業。我覺得，數字之間有種詩意。」

馬爾康小聲說，「噁心。」

「你說什麼？」湯姆問。

「我說，噁心。」

湯姆面無表情看著馬爾康，然後再度看著瑞諾太太。「我求蘇珊嫁給我兩次。一次在大學，她說謝謝但不了。但是第二次，你們知道嗎？她說，我們結婚吧。」

「那不是很棒嗎？」瑞諾太太說。

「當然很棒。而且我們都很快樂。然後她三更半夜接到這通電話。她沒有交代很多對話內容，但是從她掛上電話那一刻起，處於劣勢的我就一直努力猜想她要什麼。而且如果我沒搞錯，她要的是他。」湯姆指著馬爾康。

瑞諾太太完全沉浸在這個故事。她問蘇珊，「你對這一切有什麼要說？」

「就像湯姆說的，我以為我快樂。我**是**快樂。但是馬爾康打電話來，而現在我不知道我在做什麼。」她轉向馬爾康，問，「我在做什麼？」但馬爾康只是聳肩。「我在想，」她說，「你能不能不要只活在自己的世界，只要一下下。」

湯姆說，「現在，我不認為我們有必要屈服於我們動物的自我。這是複雜的情況，但我相信我們可以維持我們的尊嚴，同時表達我們各自的觀點。」

「很好！」瑞諾太太說。

「意思不是說我們應該隱藏情緒。」

「喔，絕對不要。」

「例如，我覺得我可以殺了馬爾康。」湯姆說，並且在座位上扭動。「真的殺了他，此時，此地。」現在所有人都安靜看著湯姆，彷彿他是標本。他有一百八十公分高，而且體格強壯。「此時，此地。」他覆述。「畢竟，要不是他，我的問題不都解決了？」

「是啊。」瑞諾太太充滿同情。「就是。」

「但是不，我不會那樣做。」湯姆將眼神移開馬爾康，低頭看著他整盤的蝦子。

「你很幸運。」瑞諾太太告訴馬爾康。

「我一直都很幸運。」馬爾康告訴她。

「是嗎?」

「不是，我在搞笑。」

瑞諾太太想了想。「我一直不算幸運，也不算不幸運。」她說。「我一直沒有運氣可言——眞是討厭。」

法蘭西絲說，「我有時候超級幸運，其他時候超級不幸。」

梅德琳說，「我一直是不幸，但我有預感，某個時候忽然就會永遠改變。總之，我這麼告訴自己。」

朱利斯說，「我一直不幸，而我相信我會永遠不幸。」

「我要睡哪裡?」蘇珊看看公寓四周。「**我們**要睡哪裡。」湯姆說。

晚餐過後，瓊恩從天花板的空隙拉出一張泡棉床墊，但是只能睡一個人；湯姆自告奮勇睡在地板。他擺出一副高貴的態度，彷彿爲了偉大的目標，情願忍耐不適，而且不畏勞苦地承受。每個人都不喜歡他，除了瑞諾太太。

朱利斯和瑞諾太太睡在拉開的沙發，瑞諾太太很高興。她用手指輕敲下巴，警告朱利斯，「我睡覺會說話。」

「沒關係。」

「我也會磨牙。」

「好。」

「而且我有睡眠呼吸中止症，有時候還會夢遊。如果你看到我起來走動，絕對不要叫醒我。但是如果我想離開公寓，你可以引導我回來嗎？」

「好的。」

瑞諾太太變得腼腆。「有時候我也會夜晚噁心。」她承認。

「什麼是夜晚噁心？」

「我有時候，很偶爾，會吐在床上。」

朱利斯說，「祝你好夢，瑞諾太太。」

「我倒從不作夢。」她感慨。「喔，人生。」

瓊恩和法蘭西絲穿著睡衣躺在一起。她們身上有琴酒和冷霜的味道。法蘭西絲飄飄然，小聲說，「我們只是兩個小老太婆。」兩人埋進枕頭咯咯笑，因爲團聚所以開心。

蘇珊來了，所以馬爾康對於睡在梅德琳旁邊感到不自在，還曾想過幫她找間飯店，但是洗完澡後，他發現她穿著睡衣睡得安穩，再說她的表情溫和，他便不覺得和她睡在同一張床上不妥。他小心爬進被子避免吵醒她。她拉走被子，他便拿起外套蓋著上半身，雙腳屈在胸前。

眾人皆睡，公寓寂靜無聲。

32

法蘭西絲做了件奇怪的事。深夜的時候，她夢見自己窒息死掉，因而驚醒。她起床走出房間，站在走廊上不動，確認四周動靜。接著她走到前門，悄悄穿上鞋子和外套，離開公寓，開始走路。除了少數經過的機車和計程車，她獨自一人走在街上。她走了十分鐘後，發現自己站在一間公寓樓下，這間公寓直到不久之前都還屬於她。奇怪的是，她房間的燈亮著，只有她的房間；公寓其他地方，應該說是大樓其他地方，都是暗的。站在人行道上，她可以看見牆壁一絲不掛，藝術品被移開，剛剛漆上新油漆。想到她的財物和藝術品都堆在某個地下室的板條箱裡，她就覺得心痛。那些東西會被整批拍賣，賣給一個並不認識她，也不配擁有的買家。

她從眼角瞄到一個人影，只有頭和脖子，沿著房間右邊到底的窗戶角落移動，然後消失不見。她知道只有可能是油漆師傅，或房屋仲介，或銀行的人，但是想到某人在那裡而她不在，而且她不准進入，法蘭西絲轉身走向瓊恩的公寓。

她走在狹窄、沒有燈光的巷弄，遠方人行道上有個男人朝她而來。他身穿長大衣，頭戴帽子，而且她注意到，他正在斥責某個未知的敵人，語氣尖銳，甚至充滿仇恨。法蘭西絲猜想這個男人是那種長期受苦、無家可歸，夜晚流落街頭的人，那種被逼到社會邊緣、生活不適的人。但是越接近他，她發現他的服裝一點也不破爛，而且他刮了鬍子，頭髮乾淨整齊。當他發現她正走近，突然停止走動，停止說話。她經過他的時候低下頭，他轉過來注視她經過。她走了幾步之後，他問她，「夫人，您沒事吧？」

法蘭西絲停下，轉身。那個男人相貌端正、健康。一分鐘前他還非常生氣，但現在他不僅看起來，舉止也像個紳士。「怎麼會有事呢？」她問。

「只是這個時候出門相當晚了。」

「你不也是？」

「是，那倒是。」那個男人說。「那麼，晚安。」那個男人摸摸帽子邊緣，正要離開。

「我的貓不見了。」她說。

那個男人停下腳步，正眼看著法蘭西絲。「是的，您的表情就像那樣。」他說。「所以這麼晚了您還在外面？」

「是。」她說。

「需要我幫忙找嗎？」

「喔，不，謝謝。」

那個男人想了想。「您找過床底下了嗎？」

法蘭西絲搖頭。

那個男人說，「我人生當中所有不見的東西，最後都會在床底下。」

「我回家時會看看。」法蘭西絲說。

他再度轉身，然後走遠。法蘭西絲盯著他的背影，沒再說什麼。她納悶他剛才狠狠咒罵的人是誰。她微笑，心想，現在他要回家找她了。

她回到瓊恩的公寓，裡頭非常暖和，而她的手宛如針扎。她站在玄關暖手，她的心思快意地遊蕩。接著她做了一件奇怪的事。她走過房間，站在蘇珊和湯姆上方，看著他們熟睡的臉。不可否認蘇珊的面容姣好，法蘭西絲忍不住欣賞她潔白無暇的臉和脖子。現在她端詳湯姆，心想，他連睡覺看起來都蠢。她又看著蘇珊，蘇珊的眼睛睜開，對她說，「哈囉。」

「喔，哈囉。」法蘭西絲回答。她嚇了一跳。

「你在做什麼？」

「只是，你知道的，起來走走。」

「什麼？」

「我只是起來走走。」她的手指像剪刀前後擺動，模仿走路的樣子。

蘇珊伸展。「你不是打算殺了我吧，我希望？」

「不是。」法蘭西絲說。

「喔，那就好。」兩人沉默。蘇珊問，「要不要我起來陪你？」

「喔，不，我不需要。」

「喔，好吧，那我就繼續睡覺。」

「好。」法蘭西絲說。「晚安。」她回到她的房間。她滿臉通紅爬進被窩，心想，我究竟爲什麼那樣做？就在她快睡著時，她想起街上那個男人說的話。她探頭檢查床底，但是什麼也沒有。

33

他們決定這個時候適合開個派對。法蘭西絲和瓊恩從瑞諾太太那裡接過清單，早餐之後出去採購，幸好瑞諾太太沒有要求跟來，而是留在家裡準備廚房的工作和娛樂活動。法蘭西絲還剩兩千歐元，她打算在高級食材店「大食鋪」花到一毛不剩。她的行爲太明顯，瓊恩懷疑起來。「番紅花不在清單上。」

「會用到番紅花。」

「三瓶番紅花。」

「遲早都會用到。」

法蘭西絲在購物車裡放入魚子醬。瓊恩自願買單，但法蘭西絲說沒有必要，都在預算之內。

「各付各的。」瓊恩說。

「不行，我得把錢花光。」

「爲什麼？」

「本來**就該**把錢花光。那是遊戲的目標。」她叫瓊恩去拿起司。瓊恩離開後，法蘭西絲叫酒類的店員過來。「給我大約五百元的酒。」

「整箱或單瓶？」

「單瓶。」

結帳的時候，她發現還剩二十歐元，不禁心生恐懼。但是她又馬上看到收銀臺旁邊有個標示，寫著二十歐元送貨到府，於是寫下瓊恩的地址，把剩下的錢遞給收銀員。她感覺如釋重負，甚至可以說是驕傲。她拉著瓊恩的手，提議走路回家。經過公園時，她們看到一男一女躺在草地上熱情地接吻。法蘭西絲問，「你和唐還會做愛嗎？」

「每年他生日那天。」

「但不是**你**生日那天。」

「謝了，請我吃頓飯就好。有時復活節前後會再來一次。」

法蘭西絲點燃一根菸。「你後悔沒生小孩嗎？」

「一次也沒有，一天也沒有。你後悔生了小孩嗎？」

法蘭西絲笑了。

「我說眞的。」瓊恩說。

「喔，唔，有時候會，老實說。」

「但你不會改變他。」

「會，我會。」

「但你不會改變他太多。」

「我會改變他很多。」

「但你愛他。」

「愛到痛。」

瓊恩伸手去拿法蘭西絲的菸，抽了一口，然後還她。「你覺得這個蘇珊如何？」她問。

法蘭西絲垮下臉。「心思一點也不聰明。」

「我很同情，我覺得愛馬爾康並不容易。」

「夠容易了。」

「不要這麼難搞。她很可愛。」

「可愛有什麼用？」

「有點用，我覺得。」

法蘭西絲說，「我不想談她。」

瓊恩舉起雙手求饒。「談點別的。」她說。「**你**上次做愛是什麼時候？」

「你很清楚有好幾年了。我來這裡的路上差點。」法蘭西絲說起船長的故事，

說完後，瓊恩發出宏亮的美式笑聲。

她問，「回想你的豔遇有什麼感覺？」

「說真的，有點丟臉。」法蘭西絲說。

「真的？」

「曼哈頓一半能走的男人我都吹過。」

「我希望你不後悔？」

「只有極少數後悔。」

「例如什麼？」

「你要我告訴你我後悔什麼？」

「對。」

「這個嘛，我不會說。」

她們穿過塞納河。瓊恩想起什麼，笑了出來。她說，「我告訴唐我得趕去巴黎，因爲我以爲你要自我了斷。他一邊把玩遙控器，一邊跟我說，『如果你及時趕到的話，跟她說哈囉』。」

法蘭西絲聽了不覺得冒犯，反而覺得好笑。「唐的神經一直都這麼大條。」

「眞的。但是，我也懶得罵他了。說眞的，我已經漸漸懂得欣賞他的樣子。」

她抽了口菸。「今年稍早的時候，我忽然發現，內心深處，我是快樂的，而且唐和我已經實現我們想爲彼此實現的事情。你能理解這對我而言有多震驚嗎？」

「因爲你不該滿足你所擁有的事物，所以震驚？」

她搖頭。「你越來越老的時候，甚至不要愛情。不要那種我們年輕時候相信的愛情。誰還有那個力氣？我的意思是，想想我們爲愛而活的樣子。」

「我知道。」

「男男女女奮不顧身。」她停頓。「你想要的只是知道某人在那裡；你也想要他們讓你靜一靜。我和唐在一起，已經得到了。但是，我震驚是因爲，我忽然理解，心會自己照顧自己。我們容許自己滿足；時候到了，我們的心自然會讓我們好過。」

「很好的想法。」法蘭西絲說。

「你不同意嗎？」

法蘭西絲丟了她的菸。「我的經驗不是那樣。」

34

她們發現自己站在杜樂麗花園外面。「看看我們人在哪裡。」瓊恩說。「你想去羅浮宮嗎？」

「去他的羅浮宮。」

「奧賽博物館？」

法蘭西絲點頭，雖然她不是非常想去。他們搭上計程車回去塞納河，渡河的時候，法蘭西絲感覺胃裡有塊磁鐵在拉扯，彷彿河水要她，於是她惶恐地等待這種感覺過去，計程車過河之後，這種感覺確實就過了。瓊恩付錢給司機，又付了門票。奧賽博物館幾乎沒人。她們進去的那一刻起，瓊恩的心情變了；她變得肅穆。法蘭西絲問她怎麼了。瓊恩支支吾吾地說，像法蘭西絲那樣的女人想要自殺；曾經光鮮亮麗、前途無限的人，光芒褪去後就自殺；那種陳腔濫調，還有那張說要自殺的明信片，她非常鄙視。

「這個嘛，首先，對我說這些話眞的極不入流。第二，光芒很久以前就褪去，你明明就很清楚。第三，沒錯，我的生活充滿陳腔濫調，但你知道什麼叫陳腔濫調？就是一個故事，因爲太精彩又太刺激，人們才會一說再說，說到變老。」

瓊恩聽了不禁笑了。

「人們說歸說，」法蘭西絲說，「那種生活不是人人都能有的。」

35

傍晚，眾人聚在一起喝雞尾酒。大家不約而同盛裝打扮，而且女士們的香水在客廳裡頭爭奇鬥艷。太陽下山，蠟燭點燃；瑞諾太太在烹飪書中發現一本英語辭典，她提議玩一個叫做「辭典」的遊戲，就是玩家幫一個不知名的詞下定義，目的在於愚弄其他玩家。

她說修枝剪（secateur）是破壞者（saboteur）的助理；馬爾康說肋痛是共同的回憶；蘇珊說遠距是遠遠拒絕；法蘭西絲說波羅涅茲是菠蘿和美乃滋做的，以前流行的英國調味料；梅德琳說打洞機是打個不停的東西；瓊恩說高地是高個子抽完的菸蒂。英文不是那麼好的朱利斯說，不堪負荷就是「把鶴從人住的地方搬走」。湯姆說猛禽（raptorial）是強迫性交的課程[5]，大家聽了紛紛嫌惡，他竟然因此退出不玩，坐在一旁生悶氣，嘟囔著語言是用來溝通，不是用來混淆。「事情沒有道理的時候我就覺得不舒服。」他承認。

遊戲告尾聲，晚餐也準備好了，是烤肉和水菜沙拉佐洛克福耳乾酪，甜點是巧克力馬拉科夫布丁。眾人非常喜歡，瑞諾太太樂到不行。「說說你想跟茱莉亞要求什麼。我知道某人會把她從土裡挖出來，但到了最後，他們這麼做又有什麼用？定義他們自己的限制，保護一座貧乏的兵工廠。該稱讚的我就稱讚，而且如果你們也是如此，我會謝謝你們。」

「誰是茱莉亞？」湯姆小聲對瓊恩說。

「柴爾德。」

湯姆沒聽懂。他轉向蘇珊問，「誰是茱莉亞[6]？」

法蘭西絲自願洗碗，不僅嚇到自己也嚇到大家。這件事情她一生只做過六次，那些動作既熟悉又陌生。那是一件非常簡單的事情，但感覺幾乎像是宗教儀式，彷彿承認某種比自己更巨大、永恆的事物。馬爾康擦乾碗盤、疊好，效率優良，但是缺乏他母親的熱忱。其實他煩惱的是，法蘭西絲竟然接下這個任務。這完全不是她平時的作爲，可能暗示某種危險。

法蘭西絲和馬爾康回來之後，發現氣氛變了。所有人都醉了，如同眼前所見；所有人都繼續喝酒，沒有停止的念頭。湯姆和朱利斯在餐桌上安靜認眞地比腕力。蘇珊和梅德琳在沙發上向瑞諾太太解釋她們之間沒有嫌隙，但瑞諾太太似乎不懂那是什麼意思。「我不能宣稱非常瞭解你們任何一個，甚至根本就不瞭解，但是我看得出來你們超越那種瑣碎的嫉妒。醜陋生醜陋。我提議我們爲高貴奮鬥。」

「瑞諾太太，我們兩人都不困擾。」蘇珊說。

「你**說**歸說，但明明不是那個意思。」

「但是我並不愛馬爾康。」梅德琳說。「老實說，我甚至不是很喜歡他。」

「我可以不談這件事情。」馬爾康邊說，邊拉出一把椅子。

「喔，爲什麼我們大家不能當朋友？」瑞諾太太納悶。她的嘴唇開始顫抖，然後哭了出來。

「我們害瑞諾太太難過了。」蘇珊告訴梅德琳。

---

5 將 raptorial 拆爲 rape（強暴）和 tutorial（課程輔導）之意。

6 Julia Child，1912-2004，美國知名廚師、作家。

梅德琳拍拍瑞諾太太的背。「別哭，你的妝會花掉，而且你的妝那麼濃。」

背後傳來「碰！」的一聲，湯姆擊敗朱利斯。現在他指明挑戰馬爾康，喝得夠多的馬爾康覺得也許是個好主意。他改坐到餐桌上；朱利斯當起裁判，他說，「不動……預備……開始！」此時湯姆猛力將馬爾康的手按在桌面。馬爾康完全沒有抵抗。「你贏了。」他說。

「拜託。」湯姆說。「好好比賽。」

馬爾康點頭，他們雙手交握。朱利斯大喊開始，湯姆再次贏得不費功夫。

「你是大贏家。」馬爾康告訴他。

「那樣贏等於沒有贏。」湯姆抱怨。「他根本沒有出力。」

那些女人醉了。瓊恩和法蘭西絲手拉著手並肩走著；瑞諾太太揉著眼睛，謝謝梅德琳和蘇珊溫暖的鼓勵。馬爾康抬頭看看蘇珊喝醉、美麗的臉。他感覺自己非常愛她，於是告訴湯姆，「如果我贏了，你就帶著你的行李，自己回去。」湯姆的表情變得堅定，他點頭接受挑戰。兩個男人第三度交手；朱利斯大喊開始，湯姆發出怒吼，將馬爾康的手壓制在桌面。馬爾康完全沒有嘗試。湯姆喘著氣，他問，「等等，我贏了什麼？」

「什麼也沒有。」馬爾康說。「所有事情就和之前一樣。」

瑞諾太太說，「這讓我想起之前在電視上看到的藝人。她走完中國長城，然後和她男友分手，然後大家都付很多錢去看她在博物館裡的水桶上廁所。」

馬爾康心不在焉揉著紅腫的手指關節。蘇珊在他身邊跪下，牽起他的手，拉到嘴邊親吻。湯姆退到一旁，並說，「我不喜歡你們這些人。」他轉向蘇珊。「我不喜歡這些人。他們不是正常人。」

瑞諾太太搭著湯姆的肩膀。「湯姆，遇見你，和你交談，我眞的非常高興，同時我也要爲大夥兒說話。能不能請你打從心裡喜歡我們，只要那麼一點點？」

「不能。」

瑞諾太太坐在沙發上。「我試了而且失敗——但我試了。」

此時朱利斯面對湯姆。搖搖晃晃的朱利斯想要張開嘴巴，但又閉上。他站著用鼻子呼吸了一會兒。「我不習慣喝這麼多。」他說，而且也坐在沙發上。

馬爾康站在湯姆面前。「湯姆。」他說，而湯姆後退，然後朝他的鼻子揍下去。馬爾康往後跌坐，摀著臉，同時點頭，彷彿這個朝他而來的暴力只是，甚至是，合情合理。

法蘭西絲甩了湯姆一巴掌，然後自己坐下。

湯姆一臉哀怨地站著。「我要走了。」他告訴蘇珊。「你要不要跟我走？」

「我不要。」她對著馬爾康微笑，馬爾康的臉上出現一條細如鉛筆的瀟灑鬍鬚，只不過是血做的。

「這是你最後的機會。」

「我不要走。」

「現在或永不，蘇珊。」

「永不，拜託，謝謝。」

湯姆拿起行李，帶著難堪和疑惑離開公寓。瑞諾太太把此當成幫大家再倒一杯酒的訊號。「呃，」她說，「我們少了一個。我們的團體其中一人退出，但也許少了一人會讓剩下的人更團結？」他們舉杯爲這番話慶祝。

馬爾康牽著蘇珊，離開眾人回他的房間，關上房門。他拉起衣袖，拿下手錶，蘇珊認出那是她父親的手錶，但她不知道他還收著。他把手錶戴在她的手上，幫她繫好錶帶。「我叫你來，而你來了。」他輕聲說。他專心戴錶。蘇珊空著的手放在他的臉上。「你的血滴在我的毛衣上，親愛的。」

36

奇怪的事來了。馬爾康和蘇珊回來後，瑞諾太太宣布現在開始才藝表演，雖然沒人想要參加，她的熱忱戰勝他們的抗拒。她先開始。她開口朗誦艾蜜莉·狄更生的詩，她背了起來：「小小的石頭多麼快活，獨自在路面滾動。」她發自內心朗誦，而且大家都對她的記憶力，以及詩句中的情感，感到非常驚訝。她說：

等待的時候我歌唱
無須繫上我的圓帽
關上進入我家的門；
再也沒有其他必要，
直到他的腳步靠近，

我們共度這天，
告訴彼此
我們如何歌唱驅走黑暗。

瑞諾太太幾乎哭了出來。她坐下時，響起由衷的掌聲。她略略顫抖，雙眼因爲精湛的表演綻放滿足的光芒。

瓊恩是下一個。她拿起一疊白紙和鉛筆。「你們說什麼，我就畫什麼。」

「畫我，」瑞諾太太說。

瓊恩飛快且專業地畫了瑞諾太太。肖像中她的栩栩如生，坐在沙發，微微前傾，手拿著酒，看起來親切和藹，但眼中略見精神失調。那張肖像不損畫中人物的形象，而且當眾人傳閱時，紛紛對瓊恩讚不絕口。瑞諾太太把肖像小心放在旁邊，說她會永遠珍惜。她努力把頭伸直。

朱利斯站起來向大家致詞。他說，「我坐在這裡的時候一直想著能跟你們分享什麼，但我一件事情也想不到。我很不好意思，相信你們可以想像，但我希望你們知道，我在這裡非常開心。謝謝你們讓我坐在這裡，和你們作伴。希望我能夠繼續如此。就這樣。」他鞠躬，然後坐下，於是客人之間開始興奮地說著他們多麼喜歡神探朱利斯。他默默那些翻譯心情，並且深受感動。雖然他自己沒有表演，但是他和表演者經歷相同的情緒轉折，感受不尋常的成就感。

法蘭西絲站起來，端著酒。她說她打算說個故事。

「是快樂的故事嗎？」瑞諾太太說。

「不是。」法蘭西絲說。

「那是關於什麼？」

「關於我放火燒了我父母的家。」

「喔。」瑞諾太太說。

「我聽過這個故事。」瓊恩說。「是個好故事。」

眾人等待。法蘭西絲喝了一口琴酒，然後開始。「某天，我的母親決定她要恨我，而且她不擅長隱藏這點，事實上她也不打算隱藏；其實，她還想要公諸於世。她的方法就是忽視我，忽視的程度，至今讓我不禁懷疑她的精神正常。我並不是說她不想見我，或避開我。我說的是，她開始過著彷彿我不存在，而且從不存在的生活。我跟她打招呼，她會裝作我根本不在那裡。她不是看著我，而是透視我。如果我堅持跟她說話，她會離開房間，或離開家。

「這種情況持續好幾個月，我相信達到她要的效果，就是我開始懷疑自己是否眞的存在。當時我十或十一歲吧。某天我無意間聽到我的父親求她跟我說話，然後她傷心地說，『抱歉，親愛的，但我做不到，我不要。』她無法承認她正在變老，她也不喜歡我父親喜歡我。我比她搶眼，其實那就是眞正的原因。她想把我送走，但父親不准，所以她的報復就是無視我，效果眞的非常好。」法蘭西絲又喝了一口琴酒。「我的生活還是有些亮點。我和我的家教奧莉維亞很親，而且父親總是仁慈、同情。但是奧莉維亞能做的有限，而父親有大半時間都不在家，甚至超過一半。某個時候開始，每天我會看見我的母親，但她看不見我，久而久之，這件事情開始傷害我。

「然後，我的生日到了。我的母親當然沒有送我禮物，也沒有參加我的派對，地點就在我家。那天深夜，我躺在床上，被禮物和祝福包圍，但我卻被最不愉快、最粗暴的絕望佔據。那樣的感覺太過強大，我再也無法壓抑。我必須行動。我決定在屋裡放火。我要聲明，我並非想要燒掉母親，但我知道她會有**反應**，這就是我心裡的願望。

「奧莉維亞在睡覺，母親也是，父親不在城裡。我從房裡的暖爐拿起一根枯枝，塞進通紅的灰燼，直到燃燒起來。我拿著柴火走向窗簾，窗簾起火後，我跑去告訴母親。我的手裡還拿著燃燒的柴火；我把柴火靠近她的臉，她驚恐地醒來，她的表情非常恐怖，而且醜陋。當她坐直，我告訴她，『母親，我在我的房間放火。』她什麼話也沒說。『我的房間失火了，母親。』我說。她還是什麼都沒對我說，過了一會兒，她從床上起來，打電話給消防隊，穿好衣服，迅速離開房子。我從窗戶看著她，她開車進入漆黑的夜裡。

「這時奧莉維亞尖叫。她的房間就在我的隔壁，濃煙喚醒她。我回到房間，看見她正拿著我的棉被撲滅牆上的火。可憐的奧莉維亞，她嚇成那樣。我可以聽見警笛的聲音，但他們還在遠方，像耳朵旁邊的蚊子。

「消防隊做的第一件事就是踢開前門。前門沒鎖，而且離失火的樓上很遠。然後他們踢開所有其他的門，拿著斧頭進到屋裡，又用他們的水管噴灑所有室內裝潢。牆上的油畫爆裂；雕像從底座墜落。那是我親眼見過最徹底的蓄意破壞，我很確定。後來，調查人員站在嘶嘶作響的殘骸之間，表示火是最頑強又最狡猾的天然物質，絕對不容寬貸。說得對，但房子毀了，或多或少。花了整個夏天，直到秋天，房子才恢復從前的模樣，而且過了好幾年煙味才不見。

「我還記得聽見奧莉維亞和我的母親講電話。母親已經開到機場，等著搭上前往巴哈馬的飛機。奧莉維亞說，『照顧小孩是一回事，睡在縱火犯對面的房間是另一回事。我不是在說我不幹，但我覺得我們要討論一下我的薪水。』她聽了一會兒，然後掛上電話，雙手一拍，告訴我，我們要去住酒店。食物會送到我們的房間，電視又亮又大聲，有游泳池可以游泳，每天下午還有茶和點心。這些都是眞的。」

「後來你怎麼了？」瑞諾太太問。

「就是那樣，我們搬進四季酒店的套房。我住在那裡。記憶中沒有什麼惡果。我的母親那一季都在巴哈馬。我的父親派了精神科醫師來飯店跟我說話。他問我爲什麼那麼做，我告訴他，他說他懂了，然後走了。就這樣，我放火燒掉我小時候的家，我的故事說完了。」

法蘭西絲坐下，眾人開始討論這個故事。瑞諾太太說她喜歡這個故事，因爲可以從中一窺法蘭西絲的性格，但是她不滿意故事的結局，因爲那個非常嚴重，甚至邪惡的行爲沒有得到懲罰。朱利斯說他想起電影《亂世佳人》，雖然他從沒看過，但他覺得好像是類似的故事。瑞諾太太告訴他，除了家裡失火的情節以外，他那麼說不對，若有機會就該去看《亂世佳人》，因爲那是經典，而且經過她所謂非常嚴格的時間考驗。

現在輪到梅德琳，但是，她和朱利斯一樣，說她沒有才藝可以表演。她問能不能跳過她，但其他人說不行。「能不能拿那次降神會充當？」她說。答案是「不能」。「好吧，那我可不可以也說個故事？」她問。獲得認可，於是她決定，她要來說她是如何開始她的工作。

梅德琳說，「八歲的時候，我坐在廚房吃穀片，然後我的奶奶走進來，她身上有個萊姆綠的顏色。那個顏色附著在她的皮膚，她移動的時候又流掉，像是一陣撲向她的霧。我問她怎麼了，她說『沒事啊，爲什麼這麼問？』沒多久她說她累了，於是她去躺著。她閉上眼睛，然後就死了。我沒有告訴任何人她變成綠色的事。一年後我在超市看到一個綠色的人，於是我跟我媽分開走。我遠遠跟著那個人，走遍每條走道。我跟著他結帳，走到停車場。他坐進他的貨車，發動又熄火。他在喘氣，然後開始狂扯他的座椅，嘴巴吐出泡沫。我看著他死在他的貨車上。後來警察來了，我告訴警察和我媽那個男人綠色的事，還有奶奶的事。那個警察叫我媽帶我去醫院，她帶我去了。醫生聽了我說的話後，把我送去觀察——在軟墊病房住了三天三夜。之後我就假裝再也看不見那個綠色。」

「但你看得見。」瑞諾太太說。

「我看得見，現在還是看得見。」

「我是綠色的嗎？」

「你是粉紅色。」

「嗯。」瑞諾太太說。她建議梅德琳應該在醫療領域工作。「想想你可以救多少人。」

梅德琳搖頭。「綠色不是表示某人可能會死。」她解釋，「是表示他們就要死了。」

這個話題令馬爾康不太舒服，於是他決定是時候分享他的才藝。他站起來表演魔術，讓人以爲他把大拇指從手上拿下來，然後重新接回他的手。大家覺得這樣不夠，要他表演更有吸引力的東西。瑞諾太太鼓勵他說個故事，像法蘭西絲和梅德琳那樣。「你們想聽什麼樣的故事？」他問。

「悲傷又可怕的。」

她立刻回答。馬爾康站著好一會兒，眼神專注，腦中細數他的個人檔案。

37

馬爾康十歲的時候，得知那年暑假他的父母不會讓他回家，接下來幾個月，他得待在學校。校長在他鑲嵌橡木的辦公室如此告訴馬爾康，讓馬爾康眞正恐懼的，倒不是消息本身，而是這個傲慢的男人宣布消息時，明顯透露某種不安。校長盡可能用輕鬆的口吻解釋，陪伴馬爾康的人會是女副校長。她是個不苟言笑的人，額頭出奇小，蓋著一片瀏海。此外還有運動場的管理員，孩子們都叫他青苔人，因爲他就像從覆滿青苔的沼澤冒出來的生物。馬爾康聽完之後加倍恐懼。

校長離開辦公室。馬爾康坐在那裡心想，這個男人違反學校規定可以拿到多少好處？八成很多吧，他想。女副校長和運動場管理員看到校長都臭著臉，可見他們大概拿得較少，或者沒拿。那天晚上他們三人一起吃了第一餐：一堆沒有削皮也沒有調味的馬鈴薯、不冷不熱的肝臟、一杯自來水。副校長和管理員上演爭執的默劇，雙方都要對方向馬爾康解釋某件事情。最後副校長告訴他，「三餐的時間是九點、一點、七點。如果你不來，我們也不會去叫你。」她看了管理員一眼，又轉回來。「我們都不會照顧你。我們有自己的工作要做。你懂嗎？」

馬爾康點頭。三人都沒有說話。

然後管理員說，「你知道就好。」

學校的位置在阿第倫達克山脈的郊區。馬爾康獨自走過沒有其他學生的走廊，起初感到興奮刺激，但是這種感覺並未持續很久，隨著太陽漸漸下山，陰影比牆壁更長，他開始感到害怕。漆黑的夜晚來臨，睡在所有床位都空著的宿舍非常恐怖。他從來沒有覺得如此毫無保護，輕易就會被什麼殺掉。他強迫自己睡覺，而且睡著了。他清晨醒來，在運動場遊蕩，而太陽在地平線上，飽滿耀眼。他已經在那間學校數年，非常清楚四面八方延伸數哩的地形；但是現在不同，他只有自己。他最多只敢走到附近森林的外圍，讓學校保持在視線之內、衝刺可達的安全距離。近幾個月，馬爾康發現自己的思想從無害的奇妙，轉為怪誕的性欲與毀滅。他想這意味著他在長大，但他不想長大。他不覺得成人的世界有任何好處，他厭惡加入那個殘忍的群體。

副校長和管理員對馬爾康並不友善。而且隨著日子過去，他們越來越怨恨他，儘管馬爾康試著討他們歡心，卻總是搞砸：收拾餐桌的時候他會掉盤子；倒水的時候他會忘記管理員的馬克杯。嘗試幾次之後，馬爾康討厭自己。當他發現羞恥的感覺比起他們的沉默或惡意讓他感覺更糟，他便放棄努力，乾脆忍耐。

有一餐相對愉快。當他走進時，副校長和管理員都在笑，而那個女人對他半笑著說，「他來了，準備要吃飯。」一種奇怪的客套讓馬爾康臉紅。那餐比其他餐都好：烤雞和蔬菜、馬鈴薯泥、牛奶而非自來水，還有歪斜的巧克力蛋糕當甜點。馬爾康吃光光，打量副校長和管理員。他們喝著酒，談天說地，彷彿其他都不重要。他納悶他們之間的友情到底是什麼。想到他們兩人浪漫地擁抱，他不禁縮了一下，但是無論如何，這個假想的情境還是比其他好。不幸的是，到了早上，那種冷漠又回到餐桌，食物再次是僅僅能吃的程度。副校長和管理員都宿醉，他們的友好消失無蹤。

馬爾康的日子愈發冗長乏味。他無聊得要命，無聊到想尖叫，或掌摑自己的臉。他以前從未爲了樂趣拿起書本，但是現在他會窩在圖書館員辦公室的深棕色絨布沙發，閱讀小說排遣大把時間。圖書館員的名字是羅曲小姐，男孩們都愛她，因爲她文靜、善良，而且落落大方。馬爾康搜尋她的工作空間，想看有無透露私人訊息的物品，但是什麼也沒找到，每個抽屜都乾淨得像根釘子。他感覺羅曲小姐喜歡她在那裡的工作，於是他也樂於在她的辦公室打發時間。但是很快他就發現書本不是完全的解決辦法。書本關於生活，但不是生活本身，於是他闔上書本，放到一邊。暑假過了三分之二。

某天晚餐，副校長對馬爾康比平時更不自然。管理員吃完飯去抽菸的時候，她抓住他的手臂。「放開。」他說，但她抓得更緊，掐著他二頭肌的肌腱。她眼中流露的不是憤怒，而是恐懼；他突然領悟，她是要告訴他某件可怕的事。她的用詞是「他不舒服」。

馬爾康理解。「好的。」

「離他遠點。」她說。

副校長和管理員曾是盟友，但是現在關係變壞；管理員輕蔑她，而她越來越怕他。馬爾康寧願絕食也不願忍受恐怖的用餐時間，所以經常餓到頭暈。他靠睡覺消磨時間，卻被不快樂的夢境糾纏。他的父親有時會是臨時演員，身穿黑衣走過背景。他比較常夢見他的母親，而且是過分鮮豔的色彩，她很可愛、溺愛、有趣，總是很高興地來找他。

某天早上青苔人獨自坐在早餐桌上，啃著一片麵包，喝著骯髒酒杯裡的黑咖啡。馬爾康很餓，但沒有他的食物。「她走了。」青苔人說。

「她什麼時候回來？」馬爾康問。

「永遠不會。」青苔人離開，去了操場，躺在牽引車底下。他好幾天都是這樣。有時候他確實似乎像在修理那臺車，但他更常只是在打瞌睡，喝波特酒喝到醉。馬爾康從圖書館看著他，當青苔人的腳幾個小時沒動，他就走到戶外，偷偷摸摸靠近他，於是他會聽到那個男人發出骯髒的呼嚕聲——他躺在壞掉的牽引車底下，同時車子發出不友善的嘶嘶聲。馬爾康認爲青苔人的體內一定有什麼地方出了錯。

深夜的時候，他發現青苔人站在他的床角，身上寬鬆的T恤可見髒汗，在原地搖搖晃晃，緊握拳頭。馬爾康對他說「請你走開」，而青苔人眞的走了。但是馬爾康聽見他砸碎玻璃，而且在大而深的樓房角落嚎叫整晚。早上安靜無聲，馬爾康知道是時候離開。廚房沒有食物，只有枯萎的蘿蔔和一瓶酒，他都拿走，也拿了他的牙刷和一本儒勒·凡爾納[7]傳，全裝在一個包包裡，然後往他認爲是南邊的方向走，因爲他知道南邊有個城鎮。但其實他走的方向是北邊，不過到最後也不重要。

馬爾康知道他即將展開冒險。他逃離學校，一方面覺得大膽，但也不確定他能不能成功挑戰這個巨大的任務。他剛出發的時候緊張得直發抖，但走了一哩後，顫抖就好多了；兩哩的時候他感到平靜；五哩的時候他停下來吃蘿蔔。他當時沒想到帶開酒器，所以無法打開那瓶酒。他把酒丟進樹木叢生的陡峭斜坡，酒瓶滾啊滾，消失不見的時候也沒有聲音，當下令人感到心碎與神聖。

他的包包更輕了，除了書和牙刷什麼也沒有，而他沿著伐木的道路前進，現在更暖和了，日正當中。他爲什麼沒帶帽子？等等，他爲什麼沒帶毛毯？他爲什麼沒帶把刀，或者火柴？但是現在的距離已經太遠，無法回頭，而且他知道他無法再次面對青苔人。他繼續走，天氣熱得地板發出崩裂聲。當他的皮膚開始曬傷，他轉進森林，行進速度較慢，但是較多陰影。他想像自己出現在曼哈頓的家

7 儒勒·凡爾納（Jules Verne, 1828-1905），法國小說家，著有《環遊世界八十天》、《海底兩萬里》。

門前，對著他的母親說話。他會說，「我不喜歡待在那間學校。那裡有個壞人，而且沒有朋友可以講話，我很無聊。」他試著想些有趣的事告訴她。他相信這是他母親最渴望的，就是一個會說有趣的事的人。他想不到，但他很有信心，當他眞的需要時，有趣的事就會出現。

一個小時過了，他開始察覺他不是獨自一人。起初是種抽象的恐懼，接著他聽到後面遠方「叩！」的一聲。他停下腳步，聽著心跳的鼓聲。他不是在幻想，「叩！——叩！」的聲音再次傳來。那是木頭敲打木頭的聲音，他認爲，是一根棒子敲著樹幹。他知道青苔人追來了，在調戲他。他加快腳步，但現在他擔心青苔人離他不遠，可能在他的任何一邊，甚至在他的前方。青苔人無所不知，馬爾康卻迷了路。下午的時間逐漸過去，現在他反而希望他待在伐木路上，至少周圍一哩視線開闊，灌木叢裡偶而會有垃圾，提醒他文明在不遠處，讓他感到安心。天色越來越暗，他很確定青苔人的大手隨時會從樹的後方竄出，抓住他的頭髮，拖著他往極壞的終點。他開始跑，跑到不能跑，於是彎下身體，口吐白沫，不停喘氣。他又開始跑，然後又停。他又跑，然後發現一條彎曲的河流。他喝著河水，河流振奮他的精神。大概因爲河流可以是一個計畫、一條逃命的路：如果青苔人出現，他就跳進水裡逃走。

他沿著河流走，很快就在岸邊在長滿青草的岩礁看到一個營地。有個和他年紀相仿的男孩站在巨大的帆布軍帳旁。他一看到馬爾康，立刻鑽過帳篷側翼，過沒多久，一家六口全部出來：媽媽、爸爸、兩個兒子、兩個女兒。那個媽媽問他，「親愛的，怎麼了，你迷路了嗎？」知道自己終於安全的馬爾康隨即崩潰。

長大成人的他會記得：帳篷的霉味，他連續吃了四條熱狗，其中一個女兒很漂亮、友善，而且不怕他。她戴著一條銀色的十字架項鍊，穿著耐吉的半長袖T恤，在帳篷裡摸他的臉，對他說，「馬爾康，你別擔心，我們人很好。」而且馬爾康愛她。但是後來發生的事——他怎麼找到回去學校的路，那一家人、那位女副校長和青苔人怎麼了——他都想不起來。

38

這個故事得到眾人讚美，除了已經昏睡的梅德琳，還有讓她覺得自己是壞人的法蘭西絲。馬爾康說，他從沒把她當成壞人，一點都沒有，雖然她的確起步很慢，但是後來她付出的比彌補還多。她接受這點，或者表面上接受這點。現在眾人喝下最後一杯——他們早上就會後悔的一杯。他們紛紛安靜。沒有什麼重要的事；每個人都心滿意足。但是疲憊的感覺襲來，他們隨之鬆懈，也不在乎在其他人面前展現。

法蘭西絲起身向眾人鞠躬，祝他們晚安。她問馬爾康，「送我回家？」他帶她回她的房間。她似乎很緊張，坐立不安，拉著頭髮。馬爾康問她怎麼了，她承認，想到他恨他的父親，她就難過。

「什麼時候開始的？」他問。

「現在。」

「爲何是現在?」

「我不希望你一直記著。還有，我不覺得你的父親値得。」

「此話出自一個想掐死他的人。」

「是，但我的痛苦比你的深。我想殺了他是因爲他以前的好。」

馬爾康說，「那是什麼意思?」

「我想殺了他，因爲他毀了一個非常完美的愛情故事。」她說。「但你的情況不同，他不在對你有利，他也知道。你回來之前他已自我了斷，而且你完全不認識他，反而過得更好。」

「好吧。」馬爾康停下來想。「我能問你一個突然的問題嗎?」

「可以。」

「你們當初爲什麼生下我?」

法蘭西絲挑起眉毛。「還眞是突然。」

「我知道，很抱歉。但是，爲什麼?」

「當然不在計畫之中。據我所知，我不能懷孕，而且之前我也不太想要孩子。然後我懷孕了，我們以爲你的出現可以拉近我們兩人。事實上，你是最後的嘗試。但是後來當他看到你，他明白了，於是永遠轉身，遠離你和我。」

「但我不該恨他。」馬爾康說。

「你可以，而且也許難免，但我要說的是，這是浪費你自己的時間，而且你恨他，只是讓他變得更偉大，給他不值得的功勞。你的父親是個情緒化的白痴，但他不是魔鬼。」

馬爾康的臉上出現追根究柢的表情。「你看到我的時候呢？」

法蘭西絲說，「我第一次看到你的時候，覺得我這輩子從來沒被什麼傷得這麼深。而且我叫他們把你抱走，因爲我覺得如果他們不那麼做，我就會死。」

「爲什麼？」馬爾康問。

「理由很多。」她說。「因爲你就是你的父親。因爲你就是我。因爲我們三個都帶給別人極大的痛苦。」

「但你還是來找我了，爲什麼？」

法蘭西絲笑了。「很奇怪，對不對？」

「出乎意料。」

「我那樣出現，你有什麼感想？」

「唔，我希望你來，你知道的。我是那麼希望你來，但是你終於來的時候，我卻糊塗了。」

「我很抱歉。」

「不用抱歉。我很高興，眞的。」

「眞的？」

「我是。」

法蘭西絲端詳馬爾康，流露狡猾的喜愛。「我不知道其實你就是你。如果我早知道，我會馬上過去。我一開始就不會讓你走。」她喝光她的琴酒。「你知道那對我有什麼影響嗎？」她說。

「知道。」

「你知道？」

「是的。」

「我希望你知道。」

「我知道。」

「我愛你，朋友。」

「我也愛你。」

她輕輕親吻他的臉頰，然後倒在床上。她的身體有某些東西讓馬爾康把他的母親當成一個少女。她靜靜躺著，臉朝下，而馬爾康離開房間，關上身後的門。蘇珊站在他們的房間門口，微笑等著他。在她身後的客廳，朱利斯和瑞諾太太正把梅德琳從沙發搬到地上的泡棉床墊，他們兩人都在笑，但努力不發出聲音，以免吵醒她。瓊恩在廚房沖洗雞尾酒的酒杯。此刻馬爾康感到快樂。他進去房間的時候，對他的朋友說「晚安」，而他們也回答「晚安」。

39

過了幾個小時，公寓安靜無聲。蘇珊睡不著，偷偷溜出馬爾康的房間，到廚房泡茶。她發現法蘭西絲站在漆黑之中抽菸。「喔，哈囉。」蘇珊說。

「哈囉。」法蘭西絲回答。

蘇珊把水壺裝滿。她發現法蘭西絲換上紅色的晚禮服，問：「你在做什麼？」

「如你所見。」

「你也睡不著嗎？」

「我睡得著。」

蘇珊把水壺放在爐上。法蘭西絲拈熄菸，又點燃另一根：鏗！兩個女人對彼此無話可說，蘇珊害怕安靜。爲了發出聲音，她說，「我對巴黎不是很熟。」法蘭西絲只是看著她。「我想認識巴黎。」她又說，法蘭西絲大步移向窗戶，姿態宛如競賽節目中的美女，展示整個舞臺閃閃發亮的財寶。這個動作意謂這個城市等著蘇珊去認識，但也暗示更批判的一面，指責愚昧或表達無奈。蘇珊心想，我不會再跟她說一個字。我泡了茶就離開，連「晚安」也不說。但是法蘭西絲的表情放鬆，用一種蘇珊從未聽過的口氣，不再拐彎抹角，非常坦誠，不帶惡意。

「我在你這個年紀的時候常來，更年輕的時候也是。對我們這個世代的某些人來說，這是必做的事，而且我很愛這裡，因爲總是帶給我驚喜——或者說驚嚇。即使衰退還是優雅。我覺得我沒有姓名，曼哈頓社會的那些事情都與我無關。我在這裡有了第二人生，我需要，而且很好。

「我結婚後，開始和馬爾康的父親一起來。那種感覺不同，一開始我說不上來，後來我明白，他會毀了我心中的巴黎。」

「怎麼說？」

「光是他的存在。」

「他不喜歡這裡？」

「他喜歡，算是吧，但我不是那個意思。和法蘭克一起，我再也不是沒有姓名，而且他就是我原本已經擺脫的理性聲音。他約束了我走路的方式、穿衣服的方式、說話的方式，一切。」

「好吧。」

「所以，我不再來這裡，而且埋怨這個城市，說這裡變了，這裡餿了。我把巴黎從我的心中抹去。但後來法蘭克死了，只剩我和馬爾康。某天在紐約，他聽到我和一個侍者提到巴黎，他覺得好奇，好奇到我們兩人一起來到這裡，而且我看得出來，他的反應就和我年輕的時候一樣。」

「他喜歡？」

「非常。我教他怎麼用法文點可頌，於是他每天早上都自己去糕點店，而且非常自豪自己的能力。他的初次處世經驗。然後我們回家，他要求學法文，很快就學得很好。我們開始一起造訪巴黎。我們買了一間公寓。我又愛上這個地方，透過他。」法蘭西絲抽了一口菸，顯然這就是故事的結局。

「你現在對巴黎有什麼感覺？」蘇珊問。

「我還是愛巴黎，但我覺得我被迫回來，我討厭這樣。」她拈熄香菸，又點燃另一根。水壺發出聲音，蘇珊關掉爐火。她很累，而且還在宿醉，兩者合一的效果就是完全冷靜。她發現自己開口，「法蘭西絲，你爲什麼總是對我這麼壞？」

「因爲你想帶走他。」

蘇珊張開嘴巴想要反駁，但是接著她想，是沒錯。「好吧。」她說，「但如果你是在阻礙他的幸福呢？」

「他和我在一起很幸福。」

那也沒錯。

「我在你身邊的時候，我不喜歡我自己。」法蘭西絲又說。「我不喜歡我的一言一行，當然那是我自己的問題，但是到頭來，又是另一個反對你的理由。」她說話的樣子足以代表橄欖枝。蘇珊笑了，她也不知道爲什麼。

「看來我不能贏。」她說。

「不能。」法蘭西絲說。「你不能，但也許也不是那麼重要。」

蘇珊告訴法蘭西絲那很重要，而且她知道那很重要。

法蘭西絲說，「也許很快就沒那麼重要了。」

隔天，蘇珊告訴馬爾康這個故事：「她忽然說，『來吧，讓我幫你。』然後過來幫我泡茶。她把杯子遞給我的時候，問我你是不是睡了，我說你睡了。她說如果我喝了茶——她摘了纈草根——我也會馬上睡著。我告訴她，我希望她是對的，然後她說，『去睡吧，蘇珊。』她叫我回去，但她還在廚房，和之前一樣僵硬地站著，雙手交叉，穿著晚禮服，在漆黑之中抽菸，禮服的吊牌還掛在下襬上。」

40

「梅德琳，起來。」法蘭西絲小聲說。

「唔？」

「起來。」

梅德琳張開眼睛。凌晨四點多，法蘭西絲渾身是鮮活的綠色。她說她想再和法蘭克林說一次話。梅德琳因爲琴酒還在宿醉，她問能不能早上再聯絡，但是法蘭西絲堅持，她把梅德琳拉起來，帶她去浴室。她已經準備好蠟燭，燭光變得微弱。梅德琳往臉上潑水。她蹺起腳，坐在磁磚平臺，開始和燭火溝通，燭火閃爍。

「哈囉，幹嘛？」法蘭克林說。

「哈囉，法蘭克。」法蘭西絲說。「抱歉又打擾你。你在睡覺嗎？」

「沒有。」

「你在做什麼？」

「只是坐在這裡，在這張長椅底下。」

「這樣啊。呃，就是，我剛好想到你，所以心想，打個電話給你。」

法蘭克林什麼也沒說。

「你不想知道我在想什麼嗎？」法蘭西絲問。

「好吧。」法蘭克林說。

「其實，有三件事情。第一，你記得我們第一次約會嗎？」

「不，不記得。」

「記得，你明明記得。你帶我去綠苑酒廊。」

「我不記得，法蘭西絲。」

「你**記得**，法蘭克。你用刀叉吃你的杯子蛋糕。沒有嗎？」

「沒有。」

「你明明就有。」法蘭西絲想起那件事情覺得好笑。「你**為什麼**要那樣？」她問。「我是說，拿刀叉？你想表現什麼？」

「我不知道，法蘭西絲。」他沒好氣地說。「誰知道？」

法蘭西絲深深吸一口氣。「我想跟你說的第二件事情是，上次我們的對話，我覺得很抱歉，而且我想讓你知道，我不恨你了。」法蘭克林沒有說話，於是法蘭西絲問他，「也許你對這件事情有什麼想法，介不介意說來聽聽？」

法蘭克林說，「跟我說這個已經太晚。」

「晚上太晚，還是人生太晚？」

「都是，但主要是人生太晚。」

「我不瞭解那個態度。」法蘭西絲承認。「你結婚多年的妻子，幾天前才想謀殺你，現在忽然離奇地變得友好，難道不值得注意嗎？」

「我想是的，但是，法蘭西絲？」

「嗯？」

「我是一隻貓。」

「我知道。」

「我是一隻住在長椅下的貓，現在正在下雨，我身上有蝨子，而且，你知道嗎？除了我活著這個可怕的事實——非常可怕又悲慘、他媽的事實——除了這個不快樂的事實，我不太在乎其他事情。」

「我懂了。」法蘭西絲說。「好吧，無論你想不想知道，我覺得有必要告訴你，現在我已經告訴你了。你準備好聽第三件事情了嗎？」

「當然。」

「我剛和你的兒子聊到巴黎，忽然想起某件事情，想要和你分享。」

「好吧。」

「我第一次來巴黎的時候，你記不記得我怎麼和你說的？我對於來到這裡的感覺？」

「我記得你告訴過我。」

「喔？你記得？真是太好了，對你，還有我。對我們兩人都好。哎呀呀！」

法蘭克林清清喉嚨，但是沒有說話。

「嗯。」法蘭西絲說。「我終於知道我被什麼嚇到。」

「什麼？」

「我發現巴黎是我最終死掉的地方。」

法蘭克林暫停。「所以是什麼意思？」

「就是我剛才說的。這座城市某些東西發出警告。現在我明白，嚇到我的是一種預感，有什麼事情即將到來，你懂嗎？現在正在到來的事情。」

「你打算不久之後去死，你現在是在告訴我這個嗎？」

法蘭西絲說，「我們很快就都會死了，是啊，法蘭克。」

那句話懸在那裡。「法蘭西絲。」法蘭克林說。法蘭西絲用食指和拇指捻熄火焰。

她謝謝梅德琳幫忙，並叫她回去睡覺。梅德琳回到她的泡棉床墊，但法蘭西絲還在浴室。她開始放熱水。此時梅德琳躺在床墊，瞪著天花板，心想她該做什麼。她知道既然法蘭西絲已經是綠色，她也愛莫能助，但是，她總覺得應該採取某些行動。她的腦袋陣陣發疼，每次呼吸就有種說不上來的噁心。她站起來，走回浴室，輕輕敲門。門開啓一道縫隙。

「我打算去叫馬爾康起來。」

「那麼我會把門鎖上。我只需要一分鐘，你知道的。」

梅德琳說，「你不能要我袖手旁觀。」

法蘭西絲想了想，似乎同意梅德琳說的話。「你何不乾脆離開。」她說。

「我會等到你走了之後，好嗎？」

法蘭西絲關上門，梅德琳回到她的床墊。她想起幾年前在洛杉磯市區一個公園的事。

當時她在長椅上吃午餐，有個年輕人走過來，坐在她旁邊。他看起來很苦惱，於是她偷瞄他，從旁看著他緊繃的身體。他的臉上開始浮現綠色，忽明忽滅，幾乎不見的時候又冒出來。然後他突然坐直，綠色湧出，明亮，持續不斷。他站起來走出公園，梅德琳看著他穿越威爾希爾大道，消失在米黃色的灰泥公寓。過了好一陣子，梅德琳聽到大樓深處消音手槍的聲響。有個女人尖叫；梅德琳走開。

法蘭西絲關掉水龍頭，而梅德琳收拾包包離開公寓。

41

梅德琳踏上人行道的時候，她看見身上坑坑疤疤的小法蘭克坐在對街公園的邊緣，抬頭看著公寓。梅德琳穿過街道去找他，但是小法蘭克一見到她就離開。她停下腳步，再次靠近，小法蘭克後退，完全消失在公園裡頭。梅德琳考慮追上去，一想到那有多荒謬，決定她受夠了這些人，回頭往計程車招呼站的方向走。

她離開以後，小法蘭克回到他一開始在公園待的位置，繼續盯著公寓。

42

法蘭西絲從容坐進浴缸，沒有脫掉她的禮服。一把美工刀放在浴缸的出水處。她看著好一會兒，然後拿起來，伸出刀片從左手手腕劃一條線，直到手肘彎處。她在右手畫了一條一樣的線，然後雙手浸在溫水之中。一開始的感覺是痛，非常痛，刺骨般的痛；但是接著是麻，之後是冷靜的感覺，然後變成某種狂喜。那種感覺和她同處一室，或在她的背後，或在她的肩上。她的心臟狂跳，血液隨著脈搏一陣一陣從手腕流出，這個畫面讓法蘭西絲想像鬥魚從她的體內游出。她的內心充滿令人讚嘆的明亮，而在死前最後幾分鐘，她感覺英勇。她懷疑這是心臟的詭計，是虛無佔據之前最後的欺騙手段，但是她沒有抵抗，躍躍欲試。世界上還有比輸不起更糟的嗎？

但是，難道不是
所有事實
在我們拋之腦後
即成幻影——

——艾蜜莉・狄更生

CODA

終曲

瑞諾太太正在幫警察泡咖啡。她是今天早上發現法蘭西絲的人。她的反應令人驚訝；她非常冷靜，而且專注。她打電話給警察，然後和法蘭西絲一起安靜等待。她不時看著屍體，但是沒有對著屍體說話，她明白那再也不是她的朋友。警察抵達後，她帶他們去看屍體，再走到馬爾康和蘇珊的房間，叫他們起床。「你母親昨晚自殺了。」她告訴他。「警察已經來處理。你不會有事，馬爾康。你沒事的。」

「哪裡？」馬爾康站起來問。

「她在浴缸裡，但我希望你不要去，我拜託你不要。」

他還是去了，見到他的母親筆直坐在靜止、紅色的水中，他不禁腿軟，跌坐在磁磚地板上。一名警察扶他起來，帶他到客廳沙發。某人把一杯咖啡放在他的手中，但他沒有喝。蘇珊坐在他身邊，挽著他，沒有說話。瓊恩在臥室裡哭，朱利斯和瑞諾太太在廚房接受帶頭的警探問話。那名叫阿豐斯的警探年約四十，冷靜專注。三名警察聚在一起，站在客廳窗邊低聲說話。他們說的不是公寓已經發生的事，而是正在發生的事。

警探阿豐斯要馬爾康和他一起回警局。馬爾康同意，於是他們一起離開，路上沒有交談。馬爾康穿著他們抵達的時候法蘭西絲買給他的千鳥格紋大衣。

警探阿豐斯的辦公室不像電視劇裡那種昏暗的房間，反而乾淨通風，有自然光，天花板還吊著幾株茂盛的植物。他問馬爾康要不要咖啡，馬爾康說好，於是警探阿豐斯要了兩杯。穿著制服的警察送來咖啡，但他沒有向馬爾康致意，甚至沒有看他。他離開後，警探和馬爾康安靜坐了一會兒，偶而啜飲咖啡。

警探阿豐斯開始說起自己的過去，他年輕的時候。他說，他從青春期就十分沉迷犯罪事件。當他的朋友在踢足球，他在追蹤犯罪新聞。「我後來發現，原來在我這一行，這樣很正常，」他說。「我們有些人就是對犯罪事件感興趣，而且從小開始。非常特殊的社會畸形。」阿豐斯早上上班時，聽到那個名字——法蘭西絲．普萊斯，忽然有種熟悉的感覺。他查了查，發現他二十出頭的時候追過法蘭克林．普萊斯的案子，當時在法國頗爲轟動。這個案子當中暗黑的美國元素，所有熱愛犯罪事件的人求之不得——死掉的百萬富翁、美麗的遺孀，而且最神祕的是，她爲什麼就那樣丟下他？然後去滑雪，眞的這麼做？她瘋了嗎？還是他罪有應得？

警探阿豐斯自然沒有問馬爾康這些問題，他只是提到馬爾康的家族史上類似的事件。馬爾康似乎什麼也沒聽進去。他坐著，盯著他的雙腳，發現鞋子沒綁鞋帶，於是綁好。他綁好後，警探阿豐斯告訴他，「普萊斯先生，法國巴黎發生一件神祕的事。我領了薪水，代表我應該盡我所能揭開眞相。當然，你沒有義務回答我任何問題。但是如果你可以，就是幫我大忙。」

馬爾康說，「你想問什麼都可以。」

警探阿豐斯拿起一枝筆，打開筆記本。「你幾歲？」

「三十。」

「你母親的年紀？」

「六十五。」

「你們的居住地？」

「我們在巴黎這裡，住在瓊恩的公寓。之前住在曼哈頓。」

警探阿豐斯問了美國的地址，馬爾康告訴他上東區的地址。「你和你的母親住在一起？」

「是。」

「她身體不適嗎？」

「沒有。我們住在一起，因爲我們想住在一起。」

「你們以前曾經分開住嗎？」

「我父親過世之前，他們把我送去寄宿學校。之後我就一直和她在一起。」

警探阿豐斯問，「你有料到你的母親會這樣嗎？」

「她做這件事情我不驚訝。但我也沒打算看到那個場面。」

「她最近是不是很沮喪？」

「我不知道我會不會說沮喪。沒錢後她的行爲一直都很奇怪。」

「你們的錢沒了？」

「沒了。」

警探阿豐斯寫下一個很長的句子，對自己點頭。「她的情緒敏感？」

「不是你想說的那個意思。事實上她異常友善。她本來都會迴避陌生人和來逢迎的人，但是最後幾個禮拜，她反而加入他們。」

「有趣。」警探阿豐斯說。

「是嗎？」

「不是嗎？」那個警探吸一口氣。「事有蹊蹺。」

「什麼蹊蹺？」

「你母親曾經說過你父親過世的細節嗎？」

「她到處說。」

「你知道她爲什麼那樣嗎？」

「哪樣？」

「例如，她爲什麼沒有報警？」

馬爾康說，「就我所知，她當時覺得和他非常疏遠。」

「非常疏遠。」警探阿豐斯寫下這幾個字，並在底下畫線。「我想那對一個人往後的人生是個沉重的負擔？我的意思是，做了那件事。」

「我不知道是不是。」

「不是嗎？」

「總之我從沒注意到那是負擔。」

「所以你不認爲你母親自殺，和你父親的死有關？」

「不。」

「她爲什麼這麼做，你覺得呢？」

馬爾康思考半晌。「美感的選擇。」他終於說。他皺起眉頭。「他們會怎麼處理她的身體？我希望她能盡快被從浴缸移出來。」

「我想他們已經把她移出去了，普萊斯先生。他們會送她去太平間，離這裡不遠。你希望的話可以去看她。」

「我不想看她。我只希望他們把她移出浴缸。」

「他們會清理她，處理她的傷口。」

馬爾康搖頭。「好。」他說。

警探阿豐斯看看他的筆記。他沒有其他問題，而且說眞的，也沒什麼還需要回答。自殺的案件中，收集周邊的訊息往往有趣，但就法律的觀點來看，沒有必要。他蓋上筆蓋，抬起頭。馬爾康正打開嘴巴說：「阿豐斯警探，我的母親對這個世界來說太過美好。就是這點傷害了她。她屬於另一個時空，出生在我們之間是她的不幸。」

警探阿豐斯闔上筆記本，起立。「謝謝你今天過來。你有我的名片，如果有什麼需要幫忙，希望你能告訴我。若你決定離開巴黎，請讓我知道。」

「謝謝。我會。再見。」

「再見。」

馬爾康離開警局，往瓊恩公寓的方向走。人行道上到處都是趕著上班的人；馬爾康跨出人行道，走到街上閃躲他們。自從他第一次來巴黎，他一直有種在這裡隱形的感覺。他非常喜愛這種感覺。

他意識到自己處於某種過渡時期：他還沒承認法蘭西絲的死，但是感覺那種承認逐漸逼近。他坐在聖敘爾比斯教堂廣場對面的長椅。好一下子，他無法抓住任何想法或情緒，然後他想起法蘭西絲來學校找他的那天早上。

馬爾康從教室被叫去，到了校長室，發現她正對著校長嘲笑讓馬爾康離開學校需要的規定。她的面前有一疊令她反感的紙張。她抬起頭，和馬爾康打招呼，表示她要帶他離開。她的眼神呆滯，身上有股菸味。

「有什麼東西需要去房間拿嗎？」她問。

「衣服。」他說。

「我會買新衣服給你。還有嗎？」

「沒有。」

「很好，我們走吧。」

「但是這些表格，普萊斯太太。」校長說。

「你何不當個好人，幫我塡了？」

「不，我不能塡。」

「喔，我不想塡，也不打算塡，而且恐怕這件事情就到此爲止。再見。」

馬爾康站在那裡呆呆看著校長。看著這個恐怖的男人無力招架，眞是奇怪。

法蘭西絲輕輕地推了馬爾康一把，兩人離開校長室，沿著走廊走向大門。他們穿過庭院，走到停在那裡的勞斯萊斯。

「司機呢？」馬爾康問。

「司機不幹了。」法蘭西絲停下來點菸：鏗！「我就是司機。」

「我以爲你不會開車。」

「你看了就知道。坐到前面跟我作伴。」

她開下碎石路。碎石在勞斯萊斯的底盤乒乒作響，沉重的車身搖搖晃晃。他們彎進兩線道的公路，法蘭西絲加速，於是這輛轎車更貼近地面。

她問馬爾康，「所以，還好嗎？」

「什麼還好？」

她的大拇指往後。「你的教育經驗。」

「我不知道。」他說。

「別說我不知道，你當然知道。如何？」

「不是真的非常好玩。」馬爾康說。

「你沒朋友嗎？」

「有一些。」

「但你覺得那些人際關係不夠滿足？」

馬爾康正要說他不知道，但他阻止自己。他看著他的母親，聳肩。

「食物呢？」她問。

「食物很糟。」

她伸出手心。「把你的領帶給我。」

「為什麼？」

她的手張開不動。馬爾康解下領帶給她，她從窗戶丟了出去。馬爾康回頭看著領帶在勞斯萊斯後面翻滾。很快地，他們進入一座茂密的森林。陰暗的道路沒有其他汽車。「你的父親死了。」她說。

「我知道。」

「你怎麼知道？」

「其他小孩拿報紙給我看。」

「報紙怎麼說他？」

「說他幾天前死了。」

「確實如此。還說了什麼？」

馬爾康十指交錯，靠在嘴唇上。

「報紙怎麼說我？」她問。

這個問題令馬爾康害羞。

「沒關係，說吧。」法蘭西絲說。

馬爾康說，「報紙說，你被逮捕了，因爲你沒做你應該做的事。」

法蘭西絲對著自己咕噥，又點了另一根菸，把剛才的菸蒂丟出窗外。「聽好。」她說。「他們不認識你的父親，他們當然也不認識我，而且他們完全不懂這個事件，卻說著應該這樣、那樣做，這樣非常沒水準，非常。做了什麼、沒做什麼，都有非常好、非常眞實的理由，好嗎？」

「好。」

「你要知道的是，我沒錯。」她說。「如果要好好相處，我說你跟我，你就要相信我說的話，好嗎？」

馬爾康點頭。「好。」他說。過沒多久，他問，「監獄是什麼樣子？」

法蘭西絲輕敲方向盤。「不是眞的非常好玩。」

「食物如何？」

法蘭西絲滿意地點頭。「學得很快喔。」

他們開出森林，迎向陽光，旁邊是高低起伏的草原。法蘭西絲把菸彈到窗外，然後拉上窗戶，煙霧在勞斯萊斯裡面飄盪。「你還得回去監獄嗎？」馬爾康問。

法蘭西絲想想這個問題。「我想不用吧。」她說。道路轉向南，他們接上，往曼哈頓移動。

淡淡的花香將馬爾康從白日夢中喚醒。這個香味和法蘭西絲以前的香水類似；他忽然有種感覺，此時她與他同在——她來找他。馬爾康感覺她正站在他的背後。想到這裡他心中一驚，慢慢轉身面向她。但法蘭西絲不在那裡。馬爾康發現自己看著花店正門。沒什麼特殊理由，只是爲了做點事情，他起身進去。

店裡燈光微弱，空氣濕潤，室內的陳設默默給人舒暢的感覺。店員走到他旁邊時，他指著花說，「我要這個。」

「幾朵？」

「一大束。」

他買了花，走出花店。他是個沒穿襪子的年輕人，雙手抱著一大束粉紅色的毛茛，走在巴黎上午金黃的陽光之中。他低頭看著毛茛，欣賞著花，心想要送給誰。他決定送給蘇珊。他想像送的時候她會有什麼表情。她會爲這個舉動困惑，但是過一會兒回神後，她會高興吧？馬爾康想要對蘇珊好。

他在人行道上穿梭，經過往來的人們。男男女女，負載各自的心事。他感覺自己敏捷輕巧。他穿過聖敘爾比斯教堂的廣場，切開修女的隊伍。修女們因爲飛蟲攪亂，頓時失去方向，像漩渦一樣旋轉散開。

致謝

Phil、Emma、Nina，以及Leonard Aronson、David Berman、Suet Yee Chong、Caspian Dennis、Gary deWitt、Gustavo deWitt、Mike deWitt、Nick deWitt、Susan deWitt、Emma Dries、Ashley Garland、Sammy Harkham、Alexa von Hirschberg、Alexandra Pringle、Andy Hunter、Eric Isaacson、Azazel Jacobs、Megan Lynch、Sarah MacLachlan、Peter McGuigan，以及所有Foundry的人，Laura Meyer、Brain Mumford、Leslie Napoles、Rene Navarrette、Max Porter、Jon Raymond、Kelly Reichardt、Shelley Short，所有Sou'Wester的人，Antonine Tanguay、Marie-Catherine Vacher、Libby Werbel、Janie Yoon。特別謝謝Emahoy Tsegue-Mariam Guebru。

藍小說 312

野蠻法國行

作者—派崔克・德威特
譯者—胡訢諄
編輯—張瑋庭
美術設計—蕭旭芳
內頁排版—極翔企業有限公司
副總編輯—嘉世強
董事長—趙政岷
出版者—時報文化出版企業股份有限公司
108019臺北市和平西路三段二四〇號三樓
發行專線—(〇二)二三〇六六八四二
讀者服務專線—〇八〇〇二三一七〇五・(〇二)二三〇四七一〇三
讀者服務傳真—(〇二)二三〇四六八五八
郵撥—一九三四四七二四時報文化出版公司
信箱—一〇八九九臺北華江橋郵局第九九信箱
時報悅讀網—http://www.readingtimes.com.tw
電子郵件信箱—liter@readingtimes.com.tw
法律顧問—理律法律事務所 陳長文律師、李念祖律師
印刷—勁達印刷有限公司
初版一刷—二〇二一年五月二十八日
定價—新臺幣三六〇元
(缺頁或破損的書，請寄回更換)

時報文化出版公司成立於一九七五年，
並於一九九九年股票上櫃公開發行，於二〇〇八年脫離中時集團非屬旺中，
以「尊重智慧與創意的文化事業」為信念。

野蠻法國行/派崔克・德威特 (Patrick deWitt) 著；胡訢諄譯. – 初版
. – 臺北市：時報文化, 2021.5
面； 公分. –(藍小說；312)
譯自：French Exit
ISBN 978-957-13-8992-9

885.357 110007413

ISBN 978-957-13-8992-9
Printed in Taiwan